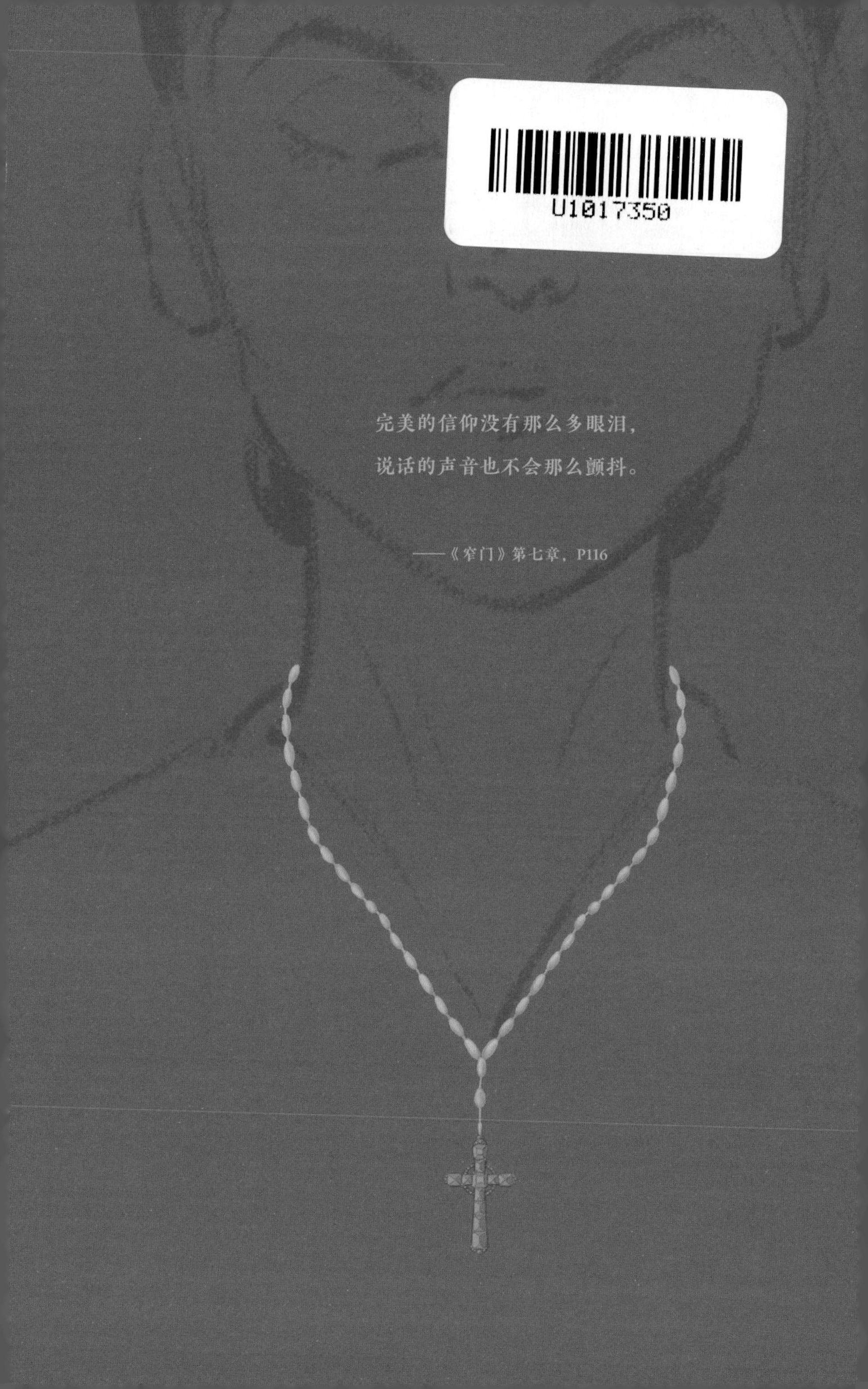
完美的信仰没有那么多眼泪，
说话的声音也不会那么颤抖。
——《窄门》第七章，P116

读客

读客三个圈经典文库

经典就读三个圈　导读解读样样全

LA PORTE ÉTROITE

窄门

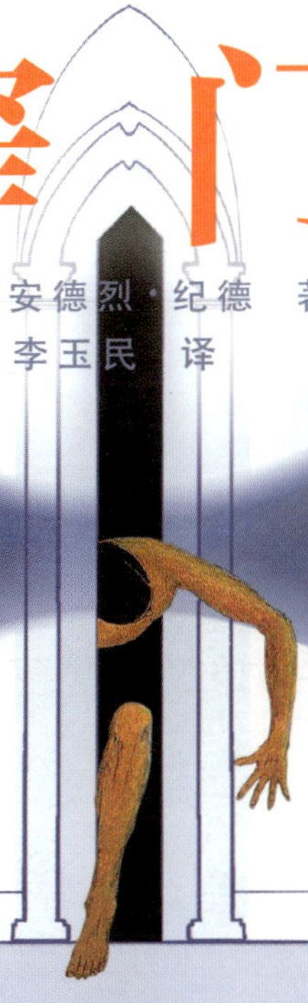

[法]安德烈·纪德 著
李玉民 译

读客三个圈经典文库

经典就读三个圈 导读解读样样全

江苏凤凰文艺出版社
JIANGSU PHOENIX LITERATURE AND ART PUBLISHING

图书在版编目（CIP）数据

窄门 /（法）安德烈·纪德著；李玉民译 .— 南京：江苏凤凰文艺出版社，2021.5（2025.11 重印）
ISBN 978-7-5594-5327-3

Ⅰ.①窄… Ⅱ.①安… ②李… Ⅲ.①长篇小说 – 法国 – 现代 Ⅳ.① I565.45

中国版本图书馆 CIP 数据核字 (2020) 第 207002 号

窄门

［法］安德烈·纪德 著　　李玉民 译

责任编辑	丁小卉
特约编辑	从卓如　　车　童
封面设计	汪　芳
责任印制	刘　巍
出版发行	江苏凤凰文艺出版社
	南京市中央路 165 号，邮编：210009
网　　址	http://www.jswenyi.com
印　　刷	三河市中晟雅豪印务有限公司
开　　本	880 毫米 ×1230 毫米 1/32
印　　张	7.5
字　　数	139 千字
版　　次	2021 年 5 月第 1 版
印　　次	2025 年 11 月第 10 次印刷
标准书号	ISBN 978 – 7 – 5594 – 5327 – 3
定　　价	49.90 元

江苏凤凰文艺版图书凡印刷、装订错误，可向出版社调换，联系电话：010-87681002。

La porte étroite

André Gide

在晴朗的夏日黄昏，我们吃过饭，便到“下花园”去，
出了小暗门，走到能够俯瞰周围的一段高起的林荫路。
在我们眼前，小山谷雾气弥漫，稍远的树林上空染成金黄色。
继而，暮色渐浓，我们还在花园里流连忘返。

——《窄门》第一章，P005

“你们尽力从这窄门进来吧，
因为宽门和宽路通向地狱，
进去的人很多；
然而，窄门和窄路，却通向永生，
只有少数人才找得到。”
于是，在一切苦行的尽头，
在一切悲伤的尽头，
我想象出并预见到另一种快乐，
那种纯洁而神秘的天使般的快乐，
是我的心灵渴望已久的。

——《窄门》第一章，P014—015

上帝啊，那就允许我，赋予我力量，好去教他不再爱我吧。
我牺牲自己的功德，将他无限美好的功德献给您……
我强加给自己的眼睛、嘴唇和心灵的束缚严厉极了，
因而同你分离，对我来说倒是一种解脱、一种苦涩的满足。

——《窄门》第八章，P141—142

一种惶恐不安的情绪袭上心头，
使我的肉体和灵魂都颤抖起来，
就好像猛然醒悟，一下子悟透了自己的一生。
我害怕了。
现在我还在写，就是要自我安慰，保持镇定。
主啊！但愿我至死也不会说出一句大逆不道的话。

——《窄门》第八章，P154—155

安德烈·纪德

照片由Ottoline Morrell拍摄于1920年8月

他的作品呈现出永不间断的对话，
信仰一直反抗着怀疑，
禁欲一直反抗着对生命的热爱，
戒律一直反抗着对自由的渴求。

——1947年诺贝尔文学奖颁奖辞

目　录

“你们尽力从这窄门进来吧。”

《路加福音》第十三章第二十四节

致M.A.G.

第一章

我俯下身去吻她，只见她泪流满面……

这一刹那便决定了我的一生。

我这里讲的一段经历，别人可能会写成一部书，而我倾尽全力去度过，耗掉了自己的特质，就只能极其简单地记下我的回忆。这些往事有时显得支离破碎，但我绝不想虚构点儿什么来弥补——气力花在涂饰上，反而会妨害我讲述时所期望得到的最后的乐趣。

丧父那年我还不满十二岁，母亲觉得在父亲生前行医的勒阿弗尔已无牵挂，便决定带我住到巴黎，好让我以更优异的成绩完成学业。她在卢森堡公园附近租了一小套房间，弗洛拉·阿斯布尔顿小姐也搬来同住。这位小姐没有家人了，她当初是我母亲的小学教师，后来陪伴我母亲，不久二人就成了好朋友。我就一直生活在这两个女人中间，她们的神情都温柔而忧伤，在我的回忆中好像一直穿着丧服。且说有一天，想来该是我父亲去世很久了，我看见母亲便帽上的饰带由黑色换成淡紫色，便惊讶地嚷了一句：

“噢！妈妈！你戴这颜色太难看了！”

第二天，她又换上了黑饰带。

我的体格单薄。母亲和阿斯布尔顿小姐百般呵护，生怕我累着，幸亏我确实喜欢学习，她们才没有把我培养成个小懒蛋。一到气候宜人的季节，她们便认为我脸色变得苍白，应当离开城市。因而一进入六月中旬，我们就动身，前往勒阿弗尔郊区的芬格斯玛尔田庄，舅父布科兰住在那里，每年夏天都接待我们。

布科兰家的花园不是很大，也不怎么美观，比起诺曼底其他花园，并没有什么特色。房子是白色三层小楼，类似十八世纪许多乡居农舍。小楼坐西朝东，对着花园，前后两面各开了二十来扇大窗户，两侧则是死墙。窗户镶着小方块玻璃，有些是新换的，显得特别明亮，而四周的旧玻璃却呈现暗淡的绿色，有些玻璃还有瑕疵，我们的长辈称之为“气泡”。隔着玻璃看，树木歪七扭八，邮递员经过时，身子会突然隆起个大包。

花园呈长方形，四周砌了围墙。房子前面，一片相当大的草坪由绿荫遮着，周围有一条沙石小路。这一侧的围墙矮下来，能望见围着花园的田庄大院。一条山毛榉林荫道界定了农庄范围，这是当地常见的分界方式。

小楼背向的西面，花园则更加宽展。靠南墙有一条花径，由墙下葡萄牙月桂树和几棵大树的厚厚屏障遮护，受不着海风的侵袭。沿北墙也有一条花径，隐没在茂密的树丛里，我的表姐妹管它叫“黑色小道”，一到黄昏就不敢贸然走过去。顺着两条小径走下几个台阶，便到了花园的延续部分菜园了。菜园边上的那堵围墙开了一个小暗门，墙外有一片矮树林，正是左右两边的山毛榉林荫路的交会点。站在西面的台阶上，目光越过矮树林，能望见那片高地，欣赏高地上长的庄稼。目光再移向天边，还望见不太远处小村子的教堂，在暮晚风清的时候，还能望见村子里几户人家的炊烟。

在晴朗的夏日黄昏，我们吃过饭，便到“下花园”去，出了小暗门，走到能够俯瞰周围的一段高起的林荫路。到了那里，我舅父、母亲和阿斯布尔顿小姐，便在废弃的泥炭石场的草棚旁边坐下。在我们眼前，小山谷雾气弥漫，稍远的树林上空染成金黄色。继而，暮色渐浓，我们还在花园里流连忘返。舅母几乎从不和我们出去散步，我们每次回来，总能看见她待在客厅里……对我们几个孩子来说，晚上的活动就到此为止，不过，我们回到卧室往往还会看书，过了一阵就听见大人们也上楼休息了。

一天的时光，除了去花园之外，我们就在学习室里度过。这间屋原是舅父的书房，就摆了几张课桌。我和表弟罗贝尔并排坐着学习，朱莉叶和阿莉莎坐在我们后面。阿莉莎比我大两岁，朱莉叶比我小一岁。我们四人当中，数罗贝尔年龄最小。

我打算在这里写的，并不是我最初的记忆，但是唯有这些记忆同这个故事相关联。可以说，这个故事确实是在父亲去世那年开始的。我天生敏感，再受到我们服丧的强烈刺激，即或不是由于我自己的哀伤，至少是目睹母亲的哀伤所受的强烈刺激，也许就容易产生新的激情：我小小年纪就成熟了。那年我们又去芬格斯玛尔田庄时，我看朱莉叶和罗贝尔就觉得更小了，而又见到阿莉莎就猛然明白，我们二人不再是孩子了。

不错，正是父亲去世的那年，我们刚到田庄时，母亲同阿斯布尔顿小姐的一次谈话证实我没有记错。她正同女友在屋里说话，我不经意闯了进去，听见她们在谈论我的舅母。母亲特别气愤，说舅母没有服丧或者已经脱下丧服（老实说，布科兰舅母穿黑衣裙，同母亲穿浅色衣裙一样，我都觉得难以想象）。我还记得，我们到达的那天，露希尔·布科兰穿着一件薄纱衣裙。阿斯布尔顿小姐一贯是个和事佬，她极力劝解我母亲，还战战兢兢地表明：

“不管怎么说，白色也是服丧嘛。”

“那她搭在肩上的红纱巾呢，您也称为‘丧服’吗？弗洛拉，您别气我啦！”我母亲嚷道。

只有在放假那几个月，我才能见到舅母，无疑是夏天炎热的缘故，我见她总穿着开得很低的薄薄的衬衫。我母亲看不惯她披着火红的纱巾，见她袒胸露臂尤为气愤。

露希尔·布科兰长得非常漂亮。从我保存的她的一小幅画像就能看出她当年的美貌：她显得特别年轻，简直就像她身边两个女儿的姐姐。她按照习惯的姿势侧身坐着，左手托着微倾的头，纤指挨近唇边俏皮地弯曲着。一副粗眼发网，兜住半泻在后颈上的那头卷曲的浓发。衬衫大开领，露出一条宽松的黑丝绒带，吊着一个意大利镶嵌画饰物。黑丝绒腰带绾了一个飘动的大花结，一顶宽边软草帽由帽带挂在椅背上，这一切都给她平添了几分稚气。她的右手垂下去，拿着一本合拢的书。

露希尔·布科兰是克里奥尔人[1]，她没见过或者很早就失去了父

1　拉丁美洲安的列斯群岛等地的后裔，统称克里奥尔人。——译者注（如无特殊说明，本书注释均为译者注）

母。我母亲后来告诉我，沃蒂埃牧师夫妇当时还未生子女，便收养了这个弃女或孤儿。不久，他们举家离开马尔提尼岛，带着孩子迁到勒阿弗尔，和布科兰家同住在一个城市，两家人交往便密切起来。我舅父当时在国外一家银行当职员，三年后才回家，一见到小露希尔便爱上她，立刻求婚，惹得他父母和我母亲十分伤心。那年露希尔十六岁。沃蒂埃太太收养她之后，却生了两个孩子，她发现养女的性情日益古怪，便开始担心会影响亲生的子女；再说家庭收入也微薄……这些全是母亲告诉我的，她是要让我明白，沃蒂埃他们为什么欣然接受她兄弟的求婚。此外我推测，他们也开始特别为长成姑娘的露希尔担心了。我相当了解勒阿弗尔的社会风气，不难想象那里的人会以什么态度对待这个十分迷人的姑娘。后来我认识了沃蒂埃牧师，觉得他为人和善，既勤谨又天真，毫无办法对付阴谋诡计，面对邪恶更是束手无策——这个大好人当时肯定陷入困境了。至于沃蒂埃太太，我就无从说起了。她生第四胎时因难产死了，而这个孩子与我年龄相仿，后来还成为我的好友。

露希尔·布科兰极少进入我们的生活圈子。午饭过后，她才从卧室姗姗下来，又随即躺在长沙发床或吊床上，直到傍晚才懒洋洋地站起来。她那额头时常搭着一块手帕，仿佛要拭汗，其实一点儿晶莹的汗气也没有。那手帕非常精美，又散发出近似果香的一种芬芳，令我赞叹不已。她也时常从腰间的表链上取出同其他小物件吊在一起的一面有光滑银盖的小镜子，照照自己，用手指在嘴唇上沾点唾液润润眼角。她往往拿着一本书，但是书几乎总是合着，中间插了一个角质书签。有人走近时，她也不会从遐想中收回心思看人一眼。从她那不经意或疲倦的手中，从沙发的扶手或从衣裙的纹褶上，还往往掉下一方手帕，或者一本书，或者一朵花，或者书签。有一天——我这里讲的还是童年的记忆——我拾起书，发现是诗歌，不禁脸红了。

吃罢晚饭，露希尔·布科兰并不到家人围坐的桌子旁，而是坐到钢琴前，得意地弹奏肖邦的慢板《玛祖卡舞曲》，有时节奏戛然中断，停在一个和音上……

我在舅母跟前，总感到特别不自在，产生一种又爱慕又恐惧的感情骚动。也许本能在暗暗提醒我防备她；再者，我觉出她蔑视弗洛拉·阿斯布尔顿和我母亲，也觉出阿斯布尔顿小姐怕她，而我母亲不喜欢她。

露希尔·布科兰，我不想再怨恨您了，还是暂且忘掉您对我造成了多大伤害……至少我要尽量心平气和地谈论您。

不是这年夏天，就是第二年夏天——因为背景环境总是相同，我的记忆相重叠，有时就难免混淆——有一次，我进客厅找一本书，见她在里面，就想马上退出来，不料她却叫住我，而平时她对我好像视而不见：

“干吗急忙就走哇？杰罗姆！难道你见我就害怕吗？”

我只好走过去，而心却怦怦直跳。我尽量冲她微笑，把手伸给她。她一只手握住我的手，另一只手则抚摩我的脸蛋儿。

“我可怜的孩子，你母亲给你穿得真不像样！……”

她说着，就开始揉搓我穿着的大翻领水兵服。

“水兵服的领口要大大地敞开！”

她边说边扯掉衣服上的一个纽扣。

“喏！瞧瞧你这样是不是好看多啦！”

她又拿起小镜子，让我的脸贴在她的脸上，还用赤裸的手臂搂住我脖子，手探进我半敞开的衣服里，笑着问我怕不怕痒，同时手还继续往下摸……我突然一跳，猛地挣开，衣服都扯破了。我的脸火烧火燎，只听她嚷了一句：

“呸！一个大傻帽儿！”

我逃开了，一直跑到花园深处，在浇菜的小水池里浸湿手帕，捂在脑门儿上，接着又洗又搓，将脸蛋儿、脖子以及被这女人摸过的部位全擦洗一遍。

有些日子，露希尔·布科兰就“犯病”，而且突然发作，闹得全家鸡犬不宁。碰到这种情况，阿斯布尔顿小姐就赶紧领孩子去干别的事。然而，谁也捂不住，可怕的叫喊声从卧室或客厅传来，传到孩子们的耳朵里。我舅父慌作一团，只听他在走廊里奔跑，一会儿找毛巾，一会儿取花露水，一会儿又要乙醚。到吃饭的时候，舅母还不露面，舅父焦虑不安，样子老了许多。

发病差不多过去之后，露希尔·布科兰就把孩子叫到身边，至少是罗贝尔和朱莉叶，她从不叫阿莉莎。每逢这种可悲的日子，阿莉莎就闭门不出，舅父有时去看看她，因为父女俩时常谈心。

舅母这样发作，也把仆人们吓坏了。有一天晚上，她病情格外严重。当时我正在母亲的房间，听不大清客厅里发生的事情，只听厨娘在走廊里边跑边嚷：

“快叫先生下来呀，可怜的太太要死啦！”

我舅父当时正在楼上阿莉莎的房间，我母亲出去迎他。一刻钟之后，他们俩从敞着的窗前经过，没有注意我在屋里，母亲的话传到我耳中：

“要我告诉你吗，朋友，这样闹，就是做戏给人看。”她还一字一顿重复好几遍，“做——戏——给——人——看。”

这情况发生在暑假快结束的时候，父亲去世有两年了。后来很久我没有再见到舅母。一个可悲的事件把全家搅得天翻地覆，而在这种结局之前不久还发生一件小事，促使我对露希尔·布科兰复杂而模糊的感情一下子转化为纯粹的仇恨了。不过，在讲述这些情况之前，我也该谈一谈我的表姐了。

阿莉莎·布科兰长得很美，只是当时我还没有觉察到。她别有一种魅力，而不是单纯的美貌吸引我留在她身边。自不待言，她长得很像她母亲，但是她的眼神却不同，因此很久以后，我才发现她们母女这种相似的长相。她那张脸我描绘不出了，五官轮廓，甚至连眼睛的颜色都记不清了，只记得她微笑时已经呈现的近乎忧郁的神情，以及眼睛上方挑得特别高的两道弯眉，那种大弯眉的线条，我在哪儿也未见过……不，见也见过，是在但丁时期的一尊佛罗伦萨小雕像上。在我的想象中，贝雅特丽奇[1]小时候，自然也有这样高耸的弓眉。这种眉毛给她的眼神乃至整个人，平添了一种又多虑

1 佛罗伦萨少女，是但丁《神曲》中一个人物的创作原型。

探询又信赖的表情——是的，一种热烈探询的表情。她身上的每个部位，都完全化为疑问和期待……我会告诉您，这种探询如何抓住我，如何安排了我的生活。

看上去，也许朱莉叶更漂亮，她身上焕发着健康和欢乐的神采。然而，比起姐姐的优雅深致来，她的美就显得外露，似乎谁都能一览无余。至于我表弟罗贝尔，还没有什么独特的地方，无非是个我这年龄的普通男孩。我同朱莉叶和罗贝尔在一起玩耍，同阿莉莎在一起却是交谈。阿莉莎不怎么参加我们的游戏，不管我怎么往前追溯，她在我的记忆中总是那么严肃，一副微笑而若有所思的样子。——我们俩谈些什么呢？两个孩子在一起，又能谈什么呢？我很快就会向您说明，不过，我还是先讲完我舅母的事儿，免得以后再提及她了。

那是父亲去世之后两年，我和母亲去勒阿弗尔过复活节，由于布科兰家在城里的住宅较小，我们没有去住，而是住到母亲的一位姐姐家。我姨妈家的房子宽敞，她的名字叫普朗蒂埃，孀居多年，我难得见到她，也不怎么认识她的子女。他们比我大得多，性情差异也很大。照勒阿弗尔的说法，“普朗蒂埃公馆”并不在市内，而是坐落在俯临全城的，人称“海滨”的半山腰上。布科兰家临近商业区。走一条陡峭的小路，能从一家很快到另一家，我每天上坡下坡要跑好几趟。

且说那一天，我是在舅父家吃的午饭。饭后不大工夫，他就要出门。我陪他一直走到他的办公室，然后又上山去普朗蒂埃家找我母亲。到了那儿我才听说，母亲和姨妈出去了，直到晚饭时才能返回。于是，我立即又下山，回到我很少有机会闲逛的市区，走到因海雾而显得阴暗的港口，在码头上溜达了一两个小时。我突然萌生一种欲望，要出其不意，再去瞧瞧刚分手的阿莉莎……我跑步穿过市区，按响布科兰家的门铃，门一打开就往楼上冲，却被女仆拦住了：

“别上楼，杰罗姆先生！别上楼，太太正犯病呢。”

我却不予理睬：“我又不是来看舅妈的……”阿莉莎的房间在三楼。一楼是客厅和餐室，舅母的房间在二楼，里面有说话声。我必须从门口经过，而房门大敞着，从里边射出一道光线，将楼道隔成明暗两部分。我怕被人瞧见，犹豫片刻，便闪身到暗处，一见房中的景象就惊呆了：窗帘全拉上了，两个枝形大烛台上的蜡烛的光亮增添了一种喜兴，舅母躺在屋子中央的长椅上，脚下有罗贝尔和朱莉叶，身后站着一个身穿中尉军服的陌生青年。今天看来，拉两个孩子在场实在恶劣，但当时我太天真，还觉得尽可放心呢。

他们笑着注视那陌生人，听他以悠扬的声调反复说：

“布科兰！布科兰！……我若是有一只绵羊，就肯定叫它布科兰。”

我舅母咯咯大笑。我看见她递给那青年一支香烟，那青年点着烟，她接过来吸了几口，便扔到地上，那青年扑上去要拾起来，假装绊到一条披巾上，一下子跪倒在我舅母面前……这种做戏的场面很可笑，我趁机溜过去，没有让人瞧见。

来到阿莉莎的房门口，我停了片刻，听见楼下的说笑声传上来。我敲了敲门，听听没有回应，大概是敲门声让楼下的说笑声盖住了。我便推了一下，房门无声无息地开了。屋子已经很暗了，一时看不清阿莉莎在哪儿。原来她跪在床头，背对着透进一缕落日余晖的窗子。我走近时，她扭过头来，但是没有站起身，只是咕哝一句："噢！杰罗姆，你又回来干什么？"

我俯下身去吻她，只见她泪流满面……

这一刹那便决定了我的一生，至今回想起来，心里仍然惶恐。当时对阿莉莎痛苦的缘由，我当然还不十分了解，但是已经强烈感到如此大的痛苦，是这颗颤抖的幼小心灵，这个哭泣抽动的单弱身体，根本承受不了的。

我站在始终跪着的阿莉莎身旁，不知道该如何表述我心中刚刚萌发的激情，只是把她的头紧紧搂在我胸口，嘴唇贴在她的额头上，以便倾注我的灵魂。我陶醉在爱情和怜悯之中，陶醉在激情、献身和美德的混杂而模糊的萌动中，竭尽全力呼唤上帝，甘愿放弃自己的任何生活目标，要用一生来保护这个女孩子免遭恐惧、邪恶和生活的侵害。我心里充满祈祷，最后也跪下，让她躲进我的怀抱，还隐隐约约听她说道："杰罗姆！他们没有瞧见你，对不对？噢！快点儿走吧！千万别让他们看到你。"

继而，她的声音压得更低："杰罗姆，不要告诉任何人……可怜的爸爸还什么也不知道……"

我对母亲只字未提，然而我也注意到，普朗蒂埃姨妈总和母亲嘀嘀咕咕，没完没了，两个女人神秘兮兮的样子，显得又匆忙又难过，每次密谈见我靠近，就打发我走开："孩子，到一边玩去！"这一切向我表明，对布科兰的家庭秘密，她们并不是一无所知。

我们刚回到巴黎，就接到要母亲回勒阿弗尔的电报——舅母私奔了。

"同一个人跑的吗？"我问留下照看我的阿斯布尔顿小姐。

"孩子，这事儿以后问你母亲吧，我回答不上什么来。"家里的这位老朋友说道。出了这种事，她也深感惊诧。

过了两天，我们二人动身去见母亲。那是个星期六，第二天我就能在教堂见到表姐妹了，心思全放在这事上。我这孩子的头脑，特别看重我们重逢的这种生活。归根结底，我并不关心舅母的事儿，而且顾及面子，我也绝不问母亲。

那天早晨，小教堂里的人不多，沃蒂埃牧师显然是有意宣讲基督的这句话："你们尽力从这窄门进来吧。"

阿莉莎隔着几个座位，坐在我前面，只能看见侧脸。我目不转睛地注视着她，完全忘记了自己，就连笃诚地聆听到的这些话语，也仿佛是通过她传给我的。舅父坐在母亲旁边哭泣。

牧师先将这一节念了一遍："你们尽力从这窄门进来吧，因为宽门和宽路通向地狱，进去的人很多；然而，窄门和窄路，却通向永生，只有少数人才找得到。"接着，他分段阐明这个主题，"首先谈谈宽路……"，我神游体外，仿佛在梦中，又看见了舅母的房间，看见她躺在那里，笑嘻嘻的，那个英俊的军官也跟着一起笑……嬉笑、欢乐这个概念本身，也化为伤害和侮辱，仿佛变成罪恶的可恶的炫耀！……

“进去的人很多。”沃蒂埃牧师又说道，接着便描绘起来。于是我看见一大群打扮得花枝招展的人欢笑着闹哄哄地向前走去，拉成长长的队列，而我感到自己既不能也不愿跻身其间，因为与他们同行，我每走一步都会远离阿莉莎。——牧师又回到这一节的开头，于是我又看见应当力求进去的那扇窄门。我在梦幻中，看到的窄门好似一台轧机，我费力才挤进去，只觉创巨痛深，但也在其中预先尝到了天福的滋味。继而，这扇门又变成阿莉莎的房门，为了进去，我极力缩小身形，将身上的私心杂念统统排除掉……“因为窄路通向永生……”沃蒂埃牧师继续说道。于是，在一切苦行的尽头，在一切悲伤的尽头，我想象出并预见到另一种快乐，那种纯洁而神秘的天使般的快乐，是我的心灵渴望已久的。我想象那种快乐犹如一首又尖厉又轻柔的小提琴曲，犹如一团要将我和阿莉莎的心烧成灰烬的烈焰。我们二人身上穿着《启示录》中所描述的白衣[1]，眼睛注视着同一目标，手拉着手前进……童年的这种梦想，引人发笑又有什么关系！我原原本本复述出来，难免有模糊不清的地方，不能把感情表达得更准确，但也只是措辞和形象不完整的缘故。

“只有少数人才找得到。”沃蒂埃牧师最后说道。他还解释如何才能找到窄门……“少数人”。——也许我就是其中之一。

布道快结束时，我的精神紧张到了极点，等礼拜一完，我就逃掉了，不打算看看表姐，而这是出于骄傲的心理，要考验自己的决心（决心我已经下了），认为只有立刻远远离去，才更能配得上她。

1 见《圣经·启示录》，灵魂没有污点的人才能穿上圣洁的白衣。

第二章

我们二人祈祷上帝而彼此相忘，难道不正是相互最接近的时刻吗？
但愿从今往后，上帝是我们二人的唯一向导。

这种苦行的训诫，在我的心灵产生了共鸣。我天生就有责任感，又有父母做出表率，以清教徒的戒律约束我心灵初萌的激情，这一切终于引导我崇尚人们所说的美德。因此在我看来，我约束自身，同别人放纵自己一样，都是天经地义的。对我的这种严格要求，我非但不憎恶，反而沾沾自喜。我对未来的追求，主要不是幸福本身，而是为赢得幸福所付出的无限努力，可以说在这种追求中，幸福与美德已经合二为一了。当然，我不过是个十四岁的孩子，尚未定型，还可能往不同的方向发展。然而时过不久，我出于对阿莉莎的爱恋，便毅然决然确定了这个方向。这是心灵的一次顿悟，我一下子认识了自己。在此之前，我觉得自己内向自守，发展得不好，虽然充满期望，但是不大关心别人，进取心也不强，仅仅梦想着在克制自己这方面的胜利。我爱好学习，至于游戏，只喜欢动脑筋和费点儿力的。我不大与年龄相仿的同学交往，有时凑凑趣儿，也仅仅出于友情或礼貌。不过，我同阿贝尔·沃蒂埃结下友谊，第二年他转学到巴黎，又进了我那班，成了我的同窗。他是个可爱的男孩，有点懒散。我对他主要感到亲热而不是钦佩，我和他在一起，至少可以聊聊我的神思时时飞去的地方：勒阿弗尔和芬格斯玛尔。

我表弟罗贝尔·布科兰，作为寄宿生，也在我那所中学学习，但是比我低两级，到了星期天才能见面。他长得不像我的表姐妹，如果不是她们的弟弟，我就根本没有兴趣见他。

当时我的爱占据了我的全部心思，而且正是在这种爱的照耀下，这两个人的友谊在我的心目中才有了重要性。阿莉莎就好比《福音》中所讲的那颗无价之宝珍珠，而我则是变卖全部家产志在必得的人。不错，我还是个孩子，这样谈论爱情，把我对表姐的感情称作爱情，难道就错了吗？我后来所经历的一切，在我看来没有一样更配得上这种称呼——而且，我长到一定年龄，肉体上感受到十分具体的欲念之后，这种感情也没有发生本质的变化。童年时只想配得上，后来我也并不更为直接地寻求占有这个女子。无论努力学习还是助人为乐，我所做的一切都秘密献给阿莉莎，从而发明一种更为高尚的美德：我只为她所做的事，又往往不让她知道，我就是这样陶醉在一种自迷的谦抑中。唉！不大考虑自己的愉悦，结果养成一种习惯，绝不满足于毫不费劲的事情。

这种争强好胜，难道只激励我一人吗？我没有觉出阿莉莎有什么反应，她也没有因为我或者为我做任何事，而我的全部努力却只为了她。她的心灵朴实无华，还完全保持最自然的美。她的贞淑那么娴雅裕如，仿佛是自然的流露。就连她那严肃的目光，也因稚气的微笑而富有魅力。我恍若又看见她抬起极其温柔、略带疑问的目光，也就明白舅父在惶惶无主的时候，为什么要到长女身边讨主意，寻求支持和安慰。第二年夏天，我经常看见他们父女交谈。舅父伤心不已，衰老了许多，在餐桌上极少开口，有时突然强颜欢笑，看着比他沉默还要让人难受。他待在书房里一支接着一支吸烟，直到傍晚时分阿莉莎来找他，再三恳求，他才出去走走。阿莉莎就像照看孩子似的，带他到花园里。二人沿着花径走下去，到了菜园台阶附近的圆点路口，就坐到事先摆放好的长椅上。

一天傍晚，我迟迟未归，躺在高大的紫红色山毛榉树下的草坪上看书。隔着一排月桂篱笆，就是那条花径，能遮住视线，却挡不住说话的声音。忽然，我听见阿莉莎和我舅父的谈话，显然他们刚刚谈过罗贝尔，阿莉莎又提到我的名字，说话声也开始清晰了，只听我舅父高声说："哦！他呀，他什么时候都会喜欢学习。"

我无意中成了窃听者，真想走开，至少有个表示，让他们知道我在这儿，可是，怎么表示呢？咳嗽一声？或者喊一嗓子："我在这儿！我听见你们说话了！"……到底没有吭声，倒不是受好奇心的驱使想多听点儿，而是由于尴尬和胆怯。再说，他们只是路过，我也只能听到点儿只言片语……可是，他们走得极慢，阿莉莎肯定还像往常那样，挎一只轻巧的篮子，边走边摘下开败的花朵，拾起被海雾催落在果树墙脚下的青果。我听见她清亮的声音："爸爸，帕利西埃姑父是个出色的人吗？"

舅父的声音低沉含混，回答的话我没有听清。阿莉莎又追问道："你是说很出色，对吗？"

舅父的回答还是特别模糊不清。接着，阿莉莎又问道："杰罗姆人挺聪明，对不对？”

我怎么没有竖起耳朵呢？……可是没用，我一点儿也听不清。阿莉莎又说道：“你认为他能成为一个出色的人吗？”

这回，舅父提高了嗓门：“可是，孩子，我要首先弄清楚，你是怎么理解‘出色’这个词的！有人可能非常出色，表面上却看不出来，至少在世人看来并不出色……在上帝眼里却非常出色。”

“我也正是这么理解的。”阿莉莎说道。

“再说……现在能说得准吗？他还太年轻……对，当然了，他将来会有出息；但是，要有成就，光凭这一点还不够……”

“还需要什么呢？”

“哦，孩子，你叫我怎么说呢？还需要自信、支持、爱情……”

“支持，你指什么？”阿莉莎截口问道。

“感情和尊重，我这辈子就缺少这些。”舅父伤心地回答。接着，他们说话的声音终于消失了。

无意间我偷听了别人的谈话，不禁感到内疚，做晚祷的时候，就拿定主意向表姐认错。也许这次，倒是好奇心在作祟，想多了解点儿情况。

第二天，没等我讲上两句，她就对我说道：

“喏，杰罗姆，这样听别人说话很不好。你应该招呼我们一声，或者走开。”

“我向你保证，我不是存心要听……是无意中听到的……再说，你们只是打那儿经过。”

“我们走得很慢。”

“对，可我听不大清啊，而且不久就听不见你们的说话声了……告诉我，你问需要什么才能有成就，舅父是怎么回答的。”

“杰罗姆，”她笑着说道，“你听得一清二楚，还让我再说一遍，是要逗人玩呀。”

“我向你保证只听见开头……听见他说要有信心和爱情。”

“接着他还说，需要许多其他东西。”

“那你呢，是怎么回答的？”

阿莉莎的神情突然变得非常严肃。

“他谈到生活中要有人支持时，我就回答说你有母亲。”

“哎！阿莉莎，你完全明白，母亲不能守我一辈子呀……再说，这也不是一码事儿……”

阿莉莎低下头：

“他也是这么回答我的。”

我颤抖着拉起她的手：“将来无论我成为什么人，只是为了你才肯成为那样子。”

“可是，杰罗姆，我也可能离开你呀。”

我的话则发自肺腑：“而我，永远也不离开你。”

她微微耸了耸肩：“你就不能坚强点儿，独自一人走路？我们每人都应当单独到达上帝那里。”

“那得你来给我指路。”

“有基督啊，为什么你还要另找向导呢？我们二人祈祷上帝而彼此相忘，难道不正是相互最接近的时刻吗？”

“是的，让我们相聚，”我打断她的话，“这正是我每天早晚祈求上帝的。”

“难道你还不明白，在上帝那里相交融是怎么回事儿吗？”

“这我心领神会，就是在一件共同崇拜的事物中，欣喜若狂地重又相聚。我觉得正是为了和你重聚，才崇拜我知道你也崇拜的东西。”

“你的崇拜动机一点儿也不纯。”

“不要太苛求我了。如果到天上不能与你相聚，我就不管什么天不天了。”

她一根手指按到嘴唇上，神情颇为庄严地说：“你们首先要寻找天国和天理。”

我们这种对话，我记录时就明显地感到，在那些不懂得一些孩子多么爱用严肃的言辞的人看来，有点儿不像孩子说的。我有什么办法呢？设法辩解吗？既不辩解，也不想粉饰而显得更加自然一些。

我们早就弄来拉丁文的福音书，大段大段背诵下来。阿莉莎借口辅导弟弟，也早就和我一起学习拉丁文，不过现在想来，她主要是为继续跟踪我的阅读。自不待言，在明知她不会伴随我的情况下，我也不敢轻易对一个学科发生兴趣。这一点有时固然会妨害我，但是也并不像人想象的那样，能阻遏我思想的冲动。情况正相反，我倒觉得她什么方面都很自如，走在我前面。不过，我是依据她来选择自己的精神道路的。当时我们满脑子所想的，我们所称作的思想，往往只是某种交融的借口，而这种交融更为巧妙，要超过感情的修饰、爱情的遮掩。

当初，母亲不免担心，她还测量不了这种感情有多深。现在她感到体力渐衰，就喜欢用同样的母爱将我们俩搂抱在一起。她多年患有心脏病，近来发作的次数越来越多了。有一次发病特别厉害，她就把我叫到面前，说道："我可怜的孩子，你看见了，我老多了，总有一天会突然抛下你。"

她住了声，喘息非常艰难。我再也忍不住了，高声说出她似乎期待的话："妈妈……你也知道，我要娶阿莉莎。"

我的话显然触动了她最隐秘的心事，她马上接口说："是啊，我的杰罗姆，我正想跟你谈这件事呢。"

"妈妈！"我哭泣着说，"你认为她爱我，对不对？"

"对，我的孩子。"她温柔地重复了好几遍，"是的，我的孩子。"她又吃力地补充道，"还是由主来安排吧。"

这时，我凑得更近了，她便把手放在我头上，又说道："我的两个孩子，愿上帝保佑你们！愿上帝保佑你们俩！"说罢，她又进入昏睡状态，我也就没有设法将她唤醒。

这次谈话再也没有提及了。次日，母亲感觉好一点儿，我又去上学了。知心话说了半截儿就刹住了。况且，我又能多了解什么呢？阿莉莎爱我，对此我一刻也不怀疑。这种疑虑，即使在我心上萌生过，随着不久发生的哀痛事，也就永远冰释了。

我母亲是在一天傍晚安详去世的，临终只有我和阿斯布尔顿小姐在身边。最后这次发病夺去了她的生命，开头并不比前几次严重，最后才突然恶化，亲戚们都来不及赶过来。这头一天夜晚，我就和母亲的老友为亲爱的死者守灵。我深爱着我的母亲，可我惊奇地发现，我流泪归流泪，心里并不怎么感到悲伤，主要还是为阿斯布尔顿小姐而洒同情之泪，只因她眼看着比她年岁小的朋友先去见上帝了。而我暗想表姐就要来奔丧，这个念头完全控制了我的哀痛。

舅父第二天就到了，他把女儿的一封信交给我。阿莉莎要晚一天，和普朗蒂埃姨妈一同来。她在信中写道：

杰罗姆，我的朋友，我的兄弟：

我多么遗憾，未能在临终前对她把话说了，好极大地满足她的心愿。现在，但求她宽恕我！但愿从今往后，上帝是我们二人的唯一向导。别了，我可怜的朋友。

你的比任何时候都更加情深的阿莉莎

这封信意味着什么呢？她遗憾未能讲出来的，究竟是什么话呢？不就是定下我们的终身吗？我还太年轻，不敢急于求婚。况且，难道我还需要她的承诺吗？我们不是已经跟订了婚一样吗？我们相爱，对我们的亲友，这不是什么秘密了。舅父同我母亲一样，都没有阻挠；情况正相反，他已经把我看成他儿子了。

没过几天便是复活节了，我又到勒阿弗尔去度假，住在普朗蒂埃姨妈家，但是每顿饭几乎全在舅父布科兰家吃。

菲莉西·普朗蒂埃姨妈是世上最和善的女人，然而无论我还是表姐妹，跟她都不十分亲密。她不停地忙忙碌碌，累得上气不接下气。她的动作一点儿也不轻柔，声音一点儿也不悦耳，就连爱抚我们也笨手笨脚，一天也不分什么时候，总要亲热一通，而对我们来说，她的亲热未免过火。布科兰舅父很喜欢她，不过一听他对她讲话的语气，我们就不难觉出他更喜欢我母亲。

“我可怜的孩子，”一天晚上她对我说道，“不知道今年夏天你打算干什么，我要先了解你的计划，再决定我自己做什么。我若是能帮你什么忙的话……”

“我还没怎么考虑呢，”我回答说，“看吧，也许去旅行。”

她又说道：“要知道，我家里，芬格斯玛尔那边，什么时候都欢迎你。你去那边，你舅父和朱莉叶都会高兴的……”

“您是说阿莉莎吧。”

“可不是嘛！真抱歉……说了你都不会相信，我还以为你爱朱莉叶呢！后来你舅父告诉我了……还不到一个月呢……你也知道，我很爱你们，可又不大了解你们，见面的机会太少啦！……还有，我也不怎么善于观察，没有时间停下来仔细看一看与我无关的事情。我见你总和朱莉叶一起玩……我就想……她长得那么美，看起来又高高兴兴的。”

“对，现在我还愿意和她一起玩儿，但我爱的是阿莉莎……”

“很好！很好！由你自己……我呢，你也知道，可以说我不了解她；她比她妹妹话少。我想，你选择她，总是有充分的理由。”

“哎，姨妈，我并没有经过选择才爱她。我从来就没考虑过有什么理由……”

“别生气，杰罗姆，我跟你说说，没有恶意……我要跟你说什么来着，都让你给弄忘了……噢！是这样，我想啊，最后当然要结婚了；不过，你还在服丧，现在就订婚，还不大妥当……再说，你年龄也太小……我想过，你母亲不在了，你再一个人去芬格斯玛尔，就可能引起闲话……”

“说得是啊，姨妈，正因为如此，我才说去旅行。”

“对。我的孩子，这么着吧，我想我要是去那儿，事情就可能方便多了。我安排了一下，今年夏天空出来一段时间。”

“只要我一开口，阿斯布尔顿小姐准愿意陪我来。”

“我就知道她会来，但是光有她还不够，我也得去……哦！我没有那种意思，要取代你可怜的母亲。”她补充一句，突然抽噎起来，“我可以管管家务……反正，不会让你、你舅父和阿莉莎感到我碍事。”

菲莉西姨妈估计错了，她认为自己去了怎么怎么好，其实只会妨碍我。正如她所宣布的那样，一进入七月份，她就进驻芬格斯玛尔。没过几天，我和阿斯布尔顿小姐也去了。她借口帮助阿莉莎料理家务，让这个十分清静的住宅回荡着持续不断的喧闹。她为讨我们喜欢而大献殷勤，如她所说“方便事情”，但是殷勤得过分，弄得阿莉莎和我极不自在，在她面前几乎不吭声。她一定觉得我们态度很冷淡……即使我们开口讲话，难道她就能理解我们爱情的性质吗？反之，朱莉叶的性格，就容易适应这种过分的亲热。而我见姨妈偏爱小侄女，不免心生反感，也许就影响了我对姨妈的感情。

一天早晨，姨妈收到一封信，她便把我叫到跟前：“我可怜的杰罗姆，万分抱歉，我女儿病了，来信叫我。没法子，我得离开你们……”

我满怀毫无必要的顾虑，跑去问舅父，不知道姨妈走了之后，我该不该留在芬格斯玛尔田庄。可是，我刚一开口，舅父便嚷道："我那可怜的姐姐又想出什么花样儿，多么自然的事情也被她搞复杂了。哎！你为什么要离开我们呢？你不是差不多已经成了我的孩子了吗？"

姨妈在芬格斯玛尔只住了半个月，她一走就清静了，这种极似幸福的静谧，重又笼罩这所住宅。丧母的哀痛并没有给我们的爱情蒙上阴影，仿佛只增添几分严肃的色彩。一种日复一日的单调生活开始了，我们恍若置身于音响效果极佳的场所，连心脏的轻微跳动都听得见。

姨妈走后几天，有一次我们在晚餐桌上谈起她——我还记得这样的话：

"多闹腾啊！"我们说道，"生活的浪涛，怎么可能没有给她的心灵留下一点儿间歇呢？爱心的美丽外表啊，你的映象在这里变成了什么样子？"……我们这样讲，是想起歌德的一句话，他谈论施泰因夫人[1]时写道："看看世界在她心灵的映象，一定很美妙。"我们当即排起等级来，认为沉思默想的特质才是上乘。舅父一直没有插话，这时苦笑着责备我们。

"孩子们，"他说道，"哪怕自己的映象破碎了，上帝也能认出来。要注意，我们评价人，不能根据一时的表现。我那可怜的姐姐身上，凡是你们讨厌的方面，全都事出有因，而那些事件我非

1　夏洛蒂·冯·施泰因夫人（1742—1827），歌德少年时的情人。

常了解，也就不会像你们这样严厉地批评她。年轻时惹人喜爱的品质，到老年没有不变糟的。你们说菲莉西闹腾人，可是在当初，那完全是可爱的激情，本能的冲动，一时忘乎所以，显得特别喜兴……我可以肯定，我们当年和你们今天的样子，没有什么大差异。我那时候就挺像你，杰罗姆，也许比我估计的还要像。菲莉西就像现在的朱莉叶……对，长相也一样……”他又转身，对大女儿说，“你说话的一些声调，有时会猛然让我想起她。她也像你这样微笑，也有这种姿势，有时就像你这样闲坐着，臂肘朝前，交叉的手指顶着脑门儿，不过，这种姿势在她身上很快就消失了。”

阿斯布尔顿小姐朝我转过身，声音压得相当低：“看看阿莉莎，就能想起你母亲。”

这年夏天，天空格外晴朗，万物似乎都浸透了碧蓝。我们青春的热忱战胜了痛苦，战胜了死亡，阴影在我们面前退却了。每天清晨，我都被快乐唤醒，天一亮就起床，冲出去迎接日出……这段时光，每次进入我的遐思，就会沾满露水又在我眼前浮现。朱莉叶比爱熬夜的姐姐起得早，她同我一道去花园。她成为我和她姐姐之间的信使，我没完没了地向她讲述我们的爱情，她好像总也听不厌。我爱得太深，反而变得胆怯而拘谨，有些话不敢当面对阿莉莎讲，就讲给朱莉叶听。这种游戏，阿莉莎似乎听之任之，见我同她妹妹畅谈也似乎很开心，她不知道或者佯装不知道，其实我们只是谈她。

爱情啊，狂热的爱情，你这美妙的矫饰，通过什么秘密途径，竟然把我们从笑引向哭，从极天真的欢乐引向美德的境界！

夏天流逝，多么纯净，又多么滑润，滑过去的时光，今天在我的记忆中几乎没有留下什么痕迹。唯一记得的事情就是谈话、看书……

“我做了一个伤心的梦，”暑假快结束的一天早晨，阿莉莎对我说，“梦见我还活着，你却死了。不，我并没有看着你死，只是有这么回事儿：你已经死了。太可怕了，简直不可能，因此我得出这样的结果：你仅仅外出了。我们天各一方，我感到还是有办法与你相聚。为了想出办法，我付出极大的努力，一急便醒了。

“今天早晨，我觉得自己还在梦中，仿佛还在继续做梦，还觉得和你分离了，还要和你分离很久，很久……”说到这里，她声音压得极低，又补充一句，“分离一辈子，而且一辈子都要付出极大的努力……”

“为什么？”

“每人都一样，必须付出极大的努力，我们才能团聚。”

她这番话，我没有当真，或者害怕当真。我觉得心跳得厉害，就突然鼓起勇气，仿佛要反驳似的，对她说道：“我呀，今天早晨也做了个梦，梦见要娶你，要结合得十分牢固，无论什么，无论什么也不能将我们分开——除非死了。”

“你认为死就能将人分开吗？”她又说道。

“我是说……”

“我想恰恰相反，死亡能把人拉近……对，能拉近生前分离的人。”

这些话深深打进我们的内心，说话的声调今天犹然在耳，但是全部的严重性，到后来我才理解。

夏天流逝过去。大部分田地已收完庄稼，光秃秃的，视野之广出人意料。我动身的前一天，不对，是前两天傍晚，我和朱莉叶走下去，到下花园的小树林。

“昨天你给阿莉莎背诵什么来着？”她问我。

“什么时候？”

“就在泥炭石场的长椅上，我们走了，把你们丢下之后……”

“噢！……想必是波德莱尔[1]的几首诗……”

“都是哪些诗？你不愿意念给我听听吗？”

“不久我们要沉入冰冷的黑暗……”我不大情愿地背诵道。不料她立刻打断我，用颤抖而变了调的声音接着背诵：“别了，我们的灿烂夏日多短暂！”

“怎么！你也熟悉？”我十分惊讶，高声说道，“我还以为你不喜欢诗呢……”

“为什么这样说呢？就因为你没有给我背诵诗吗？”她笑着说道，但是颇有点不自然，“你有时候好像认为我是个十足的笨蛋呢。”

“非常聪明的人，也不见得都喜欢诗嘛。我从来就没有听你念过，你也从来没有要我给你背诵。”

“因为阿莉莎一个人全包揽了……”她停了片刻，又突然说

1　波德莱尔（1821—1867），法国诗人，著有《恶之花》。

道，“你后天要走啦？”

“也该走了。”

“今年冬天你打算做什么？”

“上巴黎高师一年级。”

“你想什么时候和阿莉莎结婚？”

“等我服完兵役吧。甚至还得等我稍微确定将来要干什么。”

“你还不知道以后要干什么？”

“我还不想知道。感兴趣的事情太多了，我尽量推迟选择的时间，一经确定就只能干那一件事儿了。”

“你推迟订婚，也是怕确定吗？”

我耸耸肩膀，未予回答。她又追问道：“那么，你们不订婚还等什么呢？你们为什么不马上订婚呢？”

“为什么一定要订婚呢？我们知道彼此属于对方，将来也如此，这还不够吗，何必通知所有人呢？如果说我情愿将一生献给她，那么我用许诺拴住我的爱情，你认为就更美好吗？我可不这么想。发誓愿，对爱情似乎是一种侮辱……只有在我信不过她的情况下，我才渴望同她订婚。”

“我信不过的可不是她……”

我们俩走得很慢，不觉走到花园的圆点路——正是在这里，我无意中听到了阿莉莎和她父亲的谈话。我忽然萌生一个念头：刚才我看见阿莉莎到花园来了，坐在圆点路，也能听到我们的谈话，何不让她听听我不敢当面对她讲的话。这种可能性立刻把我抓住了，这样做戏我很开心，于是提高嗓门：

“唉！”我高声说道，显出我这年龄稍嫌夸张的激情，而且十分专注自己说的话，竟然听不出朱莉叶的话外之音……“唉！我们若能俯向我们心爱的人的心灵，就像对着镜子一样，看看映出我们的是一副什么形象，那该有多好啊！从别人身上看自己，好比从自身看自己，甚至看得还要清楚。在这种温情中多么宁静！在这种爱情中多么纯洁！”

我还自鸣得意，认为我这种蹩脚的抒情搅乱了朱莉叶的方寸，只见她突然把头埋在我的肩头：“杰罗姆！杰罗姆！我希望确信你能使她幸福！如果她也因为你而痛苦，那么我想我就要憎恶你。”

“哎！朱莉叶，”我高声说道，同时吻了一下她的额头，“那样我也要憎恶自己。你哪儿知道！……其实，正是为了只同她更好地开始我们的生活，我才迟迟不肯决定干什么职业！其实，我的整个未来悬着，全看她的啦！其实，没有她，将来无论成为什么人，我都不愿意……”

“你跟她谈这些的时候，她怎么说呢？”

“可是，我从来不跟她谈这些！从来不谈。也正因为如此，我们到现在还没有订婚。我们之间，从来不会提结婚的事，也不会谈我们婚后如何如何。朱莉叶啊！在我看来，跟她一起生活简直太美了，我还真不敢……这你明白吗？我还真不敢跟她说这些。”

“你是要给她来个意外惊喜呀。”

“不是！不是这么回事儿。其实我害怕……怕吓着她，你明白吗？……怕我隐约望见的巨大幸福，别把她吓坏了！……有一天我问她想不想旅行，她却回答说什么也不想，只要知道有那种地方，而且很美，别人能够前往，这就足够了……”

“你呢，杰罗姆，你渴望去旅行吗？”

“哪儿都想去！在我看来，一生就像长途旅行——和她一道，穿过书籍，穿过人群，穿过各地……起锚，你明白这词的意思吗？”

“明白！这事儿我经常想。”朱莉叶喃喃说道。

然而我听而不闻，让她这话像受伤的可怜小鸟跌落到地上，我接着又说：“连夜启程，醒来一看，已是霞光满天，感到两个人单独在变幻莫测的波涛上漂荡……”

“然后，就抵达小时候在地图上见过的一个港口，觉得一切都是陌生的……我想象得出，你由阿莉莎挽着手臂，从舷梯下船。”

“我们飞快跑到邮局，”我笑着补充一句，“去取朱莉叶写给我们的信……”

“……是从芬格斯玛尔寄出的，她会一直留在那儿，而你们会觉得，芬格斯玛尔是多么小，多么凄凉，又多么遥远……”

她确实是这么讲的吗？我不能肯定，因为，我也说了，我的爱情占据了我的全部心思，除了这种爱的表述，我几乎听不见别的声音。

我们走到圆点路附近，正要掉头往回走，忽见阿莉莎从暗处钻出来。她脸色十分苍白，朱莉叶见了不禁惊叫起来。

“不错，我是感觉不太舒服，”阿莉莎结结巴巴赶紧说，“外面有点儿凉。看来我最好还是回去。”她话音未落，就离开我们，快步朝小楼走去。

“她听见我们说的话了。”等阿莉莎走远一点儿，朱莉叶高声说道。

“可是，我们并没有讲什么令她难过的话呀。恰恰相反……”

“放开我。”她说了一声，便跑去追赶姐姐。

这一夜我睡不着了。阿莉莎只在吃晚饭时露了一面，便说头痛，随即又回房间了。她都听见我们说了什么吗？我惴惴不安，回想我们说过的话。继而我想到，我散步也许不该紧挨着朱莉叶，不该用手臂搂着她，然而，这是孩童时就养成的习惯啊，而且阿莉莎何止一次看见我们这样散步。嘿！我真是个可怜的瞎子，只顾摸索寻找自己的过错，居然连想也没有想朱莉叶说过的话。她的话我没有注意听，也记不大起来了，也许阿莉莎听得更明白。管它是什么缘由！我忐忑不安，一时乱了方寸，一想到阿莉莎可能对我产生怀疑，便慌了手脚，决心克服自己的顾虑和恐惧，第二天就订婚，也不想一想会有别的什么危险，更不顾我对朱莉叶可能说过什么话，也许正是她那关于订婚的话影响了我。

这是我离开的前一天。她那样忧伤，我想可以归咎于此吧。看得出来她在躲避我。整个白天过去，我一直没有单独同她见面的机会，真担心该说的话没有对她说就得走了。于是在快要吃晚饭的时候，我径直去她房间找她。她背对着房门，抬着两只手臂，正往颈上系一条珊瑚项链，面前的镜子两侧，各点燃一支蜡烛。她微微探着身子，注视肩头上面，先是在镜子里看见我，持续注视我半晌，没有转过身来。

“咦！我的房门没有关上吗？”她说道。

“我敲过门，你没有应声，阿莉莎，你知道我明天就走吧？”

阿莉莎一句话也没有回答，只是把没有扣上的项链放到壁炉上。“订婚”一词，我觉得太直白，太唐突了，不知道临时怎么绕弯子说出来。阿莉莎一明白我的意思，就仿佛站立不稳了，便靠到壁炉上……然而，我本人也抖得厉害，根本不敢抬头看她。

我站在她身边，没有抬起眼睛，但拉住她的手。她没有把手抽回去，只是脸朝下倾一倾，稍稍抬起我的手吻了一下。她半偎在我身上，轻声说道：“不，杰罗姆，不，咱们还是不要订婚吧，求求你了……”

我的心怦怦狂跳，我想她一定能感觉到。她声音更加温柔，说道：“不，现在还不要……”

“为什么？”

“我正该问你呢，为什么？为什么要改主意呢？”

我不敢向她提昨天那次谈话，但是她定睛看着我，一定觉出我在往那儿想，就好像干脆回答我的想法：“你搞错了，朋友，我并不需要齐天的洪福。咱们现在这样不是也挺幸福吗？”

我想笑笑，却没有笑出来：“不幸福，因为我就要离开你。”

“听我说，杰罗姆，今天晚上这会儿，我不能同你谈什么……咱们最后这时刻，别扫了兴……不，不。我还像往常一样爱你，放心吧。我会给你写信的，并且向你解释。我保证给你写信，明天就写……你一走就写……现在，你走吧！瞧，我都流泪了……让我一个人待会儿。”

她轻轻推我，把我从她身旁推开。这就是我们的告别，因为到了晚上，我就再也未能同她说上什么话，而次日我动身的时候，她还关在房间里。我看见她站在窗口，向我挥手告别，目送我乘坐的车子驶远。

第三章

我不想匆忙翻过这事的最迷人的一章——

爱情最美好的时刻，并不是说出“我爱你”……

这一年光景，我差不多未能见到阿贝尔·沃蒂埃。他提前入伍服兵役，而我则重读修辞班，准备拿学士学位。今年我和阿贝尔同入巴黎高师，我比他小两岁，可以等毕业之后再去服兵役。

这次重逢，我们俩都非常高兴。他离开部队之后，又旅行了一个多月，我真怕见了面发现他变了。他往日的魅力丝毫未减，只是增加了几分自信。开学的前一天下午，我们是在卢森堡公园度过的。我的心事当然憋不住，对他谈了许久，况且他原也了解我的恋情。这一年当中，他同一些女人有过交往，不免有点儿优越感，摆出一副自命不凡的神气，对此我倒毫不介意。他笑话我不善于决断，照他所说的原则，绝不能让女人冷静下来。由他说去，我心想他这套高论对我对阿莉莎都不适用，这表明他对我们还不十分了解。

我回到巴黎的次日，便收到这封信：

亲爱的杰罗姆：

对于你提议的事（也是我提议的事！就这样称呼我

们的订婚吧），我思考再三，恐怕我年龄太大，对你不合适。现在也许你还不觉得，因为你还没有机会看到别的女人，然而我却想到，我嫁给你之后，万一看出失去你的欢心，那会感到多么痛苦。你读我这封信，一定非常气愤，我仿佛听见你的抗辩之声了。不过，我还是请你再等一等，等你涉世稍深的时候再说。

要明白，我讲这些只为了你好，至于我，深信永远也不会停止爱你。

阿莉莎

我们停止相爱！怎么可能有这种事！——我感到伤心，更感到奇怪，一时心乱如麻，立刻跑去，让阿贝尔看看这封信。

他摇着头看完信，从紧闭的嘴唇中讲出一句："既然如此，你打算怎么办呢？"他见我双臂举起，满脸疑惑和苦恼，便又说道，"至少我希望你别回信。一旦同一个女人争论起来，那就完蛋了……听我说，我们星期六就住在勒阿弗尔，星期日一早就可以去芬格斯玛尔，星期一早上赶回来上第一节课。我服兵役之后，还没有见到你那些亲戚呢。有这个借口就足够了，也挺体面的。如果阿莉莎看出来这是个借口，那就再好不过了！朱莉叶由我来照看，你就去跟她姐姐谈。你千万别要小孩子脾气……老实说，你这爱情里面，总有点什么我弄不大明白。大概你没有全告诉我……无所谓！我会搞清楚的……我们去的事，千万不要通知，要出其不意，让你表姐来不及戒备。"

我推开花园的栅栏门，只觉心怦怦狂跳。朱莉叶立刻跑来迎接我们。阿莉莎正在收拾内衣和床上用品，没有急于下楼。我们在客厅里，同舅父和阿斯布尔顿小姐聊天，阿莉莎终于进来了。如果说我们的突然到来会使她心慌意乱，可是她至少没有流露出一丝一毫。我自然想到阿贝尔对我说的话，她迟迟不露面，肯定要准备好对付我。朱莉叶异常活跃，相比之下，阿莉莎的矜持态度就显得太冷淡了。我觉得出来，她不赞成我去而复返，至少摆出一副不以为然的神态；而在这种态度的后面，我实在不敢期望隐藏着多么强烈的感情。她坐到靠窗的一个角落，离我们挺远，仿佛在聚精会神地做一件刺绣活儿，嘴唇还翕动着计数针脚。阿贝尔在讲话，幸而有他！我连开口说话的勇气都没有了，要不是他讲述一年服兵役的情景和旅游见闻，那么这次重聚的开头一段时间，就会非常沉闷了。舅父本人也显得忧心忡忡。

刚吃过年饭，朱莉叶就把我叫到一边，又拉我去花园。

“想得到吗，有人向我求婚啦！”我们一到没人的地方，她就高声说道，“菲莉西姑妈昨天给爸爸写信来，说是尼姆[1]的一个葡萄园主想攀亲。据姑妈说，他那人非常好，今年春天在社交场合，他遇见我几次，就爱上我了。”

“哪位先生，你注意到了吗？”我问道，语气中含着对求婚者的不由自主的敌意。

“注意到了，一看就知道是什么人。是个好性儿的堂吉诃德

1　法国南方城市。

式人物，没有文化，长得很丑，非常俗气，姑妈一见他就憋不住笑。”

“那么，他有……希望吗？”我又以揶揄的口气问道。

“瞧你，杰罗姆！开什么玩笑！一个经商的！……你若是见过他，就不会这样问了。”

“那……舅父是怎么答复人家的？”

“跟我的答复一样，我年龄还太小，不能结婚……倒霉的是，”她又笑着补充道，“姑妈料到了这种答复，还在附言上说明一句：爱德华·泰西埃先生——这是他的名字，他同意等我，早早提出来，是为了‘排上号’……荒唐透顶。可是，我有什么办法呢？我总不能让人转告，说他长得太丑吧！”

“当然不能，只能说你不愿意嫁给一个葡萄园主。”

她耸了耸肩膀：“这种理由，在姑妈脑子里可站不住脚……不说这个了。——阿莉莎给你写信啦？”

她说起话来滔滔不绝，显得非常冲动。我把阿莉莎的信递给她，她看了就满面通红，在我听来似乎含着恼怒地问我：“那么，你怎么办呢？”

“我也不知道了，”我回答，“现在我来了，却又感到还不如写信好说些，我已经责备自己不该来。你明白她是什么意思吗？”

“明白，她要给你自由。”

“给我自由，难道我看重自由吗？你明白她为什么给我写这些吗？”

她回答一声：“不知道。”语气十分冷淡，我听了虽然还猜不出真相，但至少立即确信朱莉叶也许不是不知情。——我们走到花径的拐弯处，她身子突然一转，说道："你现在走吧，反正你不是来同我谈话的。咱们在一起的时间已经太久了。"她逃开了，朝小楼跑去。过了一会儿，我就听见她弹起钢琴。

等我回到客厅时，她还在弹琴，但无精打采的，仿佛随意地即兴弹奏，同时跟去找她的阿贝尔闲聊。我又转身离去，到花园游荡许久，寻找阿莉莎。

她在果园里，正采摘在墙脚下初放的菊花，花香与山毛榉树枯叶的芬芳相混杂。空气中弥漫着秋意。阳光只有照在几排靠墙的果树上，才显出几分暖意，不过东半边的天空格外纯净。她的脸几乎让大帽子全遮住了，那顶泽兰[1]帽，是阿贝尔旅游时给她带回来的，她立即就戴上了。我走近时，她没有立即回过身，但是禁不住微微抖了一下，表明她听出了我的脚步声。我已经全身绷紧，鼓起勇气面对她的责备，以及她要射向我的严厉的目光。然而，我快要走到跟前时，好像胆怯了，又放慢了脚步。而她呢，开头也不回身看我，还低着头，好似赌气的孩子，不过背冲着我伸出握满鲜花的手，仿佛示意要我过去。我一见招呼的手势，反而站住了，就觉得好玩似的。她终于回过头，朝我走了几步，抬起那张脸，我方始看见她满面笑容。她的目光照亮一切，我忽又觉得什么都那么简单，那么容易，毫不费劲就开了口，声调极其正常："是你的信召我回

1　荷兰的省名。

来的。”

“这我想到了，”她说道，接着便用婉转的声音冲淡严厉的责备，“我就是生这个气。你为什么曲解我的话呢？当时说得很清楚呀……（现在看来，愁苦和困难，果然都是胡思乱想出来的，完全是我头脑的产物。）我跟你说得明明白白，咱们这样很幸福，你要改变，我拒绝了，你又何必大惊小怪呢？”

的确，我在她身边感到很幸福，十分幸福，因而我的思想也要同她的思想完全吻合。我不再奢望什么，除了她的微笑，只要像这样，同她手拉着手在暖融融的花径上散步，就心满意足了。

其他任何希望，一下子全打消了，我完全沉浸在眼前的美满幸福中，一本正经地对她说道：“如果你认为这样好，咱俩就不订婚了。我收到你的信时，便恍然大悟，自己确实是幸福的人，但又要失去幸福了。噢！将我原来的幸福还给我吧，我已经离不开了。我爱你就是爱你，等一辈子也愿意。不过，阿莉莎，最让我受不了的念头，就是你不再爱我，或者怀疑我的爱情。”

“唉！杰罗姆，我无法怀疑了。”

她对我说这话的声音，既平静又伤悲。然而，她那微笑焕发光彩，呈现出无比恬静的美，我见了不免惭愧，自己不该这样多心和争辩。我还当即觉得，从她声音深处听出的隐隐伤悲，也是由这种多心和争辩引起的。话锋一转，我又谈起自己的计划、学习，以及渴望大有收益的这种新型生活。巴黎高师还不像近年这样子，那时鼓励勤奋学习，只有懒学生和笨学生，才会感到比较严格的纪律的压力。我倒喜欢这种修道院式的生活习惯，与外界隔绝，况且，社交界对我也没有什么吸引力，只要阿莉莎害怕，在我眼里就立刻变得可憎了。在巴黎，阿斯布尔顿小姐还保留她和我母亲同住的那套房间。阿贝尔和我在巴黎，只有她这么一个熟人，每个星期天，我们都要去她那儿坐几小时。每个星期天，我都要给阿莉莎写信，好让她完全了解我的生活。

我们坐到敞开的温床的框架上，只见黄瓜粗大的藤蔓爬出来，最后一茬黄瓜已经摘掉了。阿莉莎听我讲，还问我一些事儿。我还从未感到她如此温柔而专注，如此殷切而情深。担心、忧虑，甚至极轻微的躁动，都在她的微笑中涣然冰释，都在这种迷人的亲热中化为乌有，犹如雾气消散在清澈的蓝天中一样。

我们坐在山毛榉小树林的长椅上，过了一会儿，朱莉叶和阿贝尔也来了。下午的晚半晌，我们又重读斯温伯恩[1]的诗：《时间的胜利》，每人一节节轮流读，直到夜幕降临。

“好了！”在我们动身的时候，阿莉莎拥抱我，半打趣地说，“现在答应我，从今往后，再也不要这样胡思乱想了。”她摆出一副大姐姐的样子，这也许是我行事莽撞使然，也许是她喜欢如此。

“怎么样！订婚了吧？”我们刚重又单独在一起，阿贝尔就问我。

“亲爱的，这事儿不用再提了。”我答道，随即又以不容置疑的口气补充一句，“这样更好。今天晚上，我比什么时候都更幸

1 斯温伯恩（1837—1909），英国诗人。

福。”

“我也一样。”他突然搂住我的脖子，高声说道，“我要告诉你一件事儿，非常美妙，异乎寻常！我狂热地爱上了朱莉叶！去年我就有所觉察，不过后来，我到外面去闯荡了，在这次重新见你的表姐妹之前，我还不愿意向你透露。现在呢，定了，我这辈子有着落了。我爱，岂止爱，对朱莉叶是崇拜！”

“我早就觉得，对你像连襟一样亲热……”

阿贝尔又笑又闹，紧紧地拥抱我，还像孩子一样，在我们回巴黎的火车座位上打滚。听他这样坦陈爱情，我惊呆了，也感到有点儿别扭，只觉得他的表白中有文学渲染的成分。然而，这样的激情和欢乐，又有什么办法抵制呢？……

“这么说，你已经表白爱情啦？”在他闹腾中间，我终于插言问道。

“还没有！还没有！”他高声答道，“我不想匆忙翻过这事的最迷人的一章——爱情最美好的时刻，并不是说出‘我爱你’[1]……”

“嘿！你这慢功夫大师，你不会责怪我吧。”

“说到底，”我有点儿恼火，又说道，“你认为她那方面，也……”

“她这次又见到我时有多慌乱，你没有注意到吗？这次拜访自始至终，她是那么激动，脸一阵一阵红，话也特别多！……是啊，

1 出自法国作家苏利·普吕多姆的诗歌《爱情最美好的时刻》。（编者注）

你当然什么也没有注意到了，心思全放在阿莉莎身上……她还向我问这问那！如饥似渴地听我说话！这一年来，她的智力发展极快。我真不明白，你怎么能说她不爱看书，你总认为只有阿莉莎才喜欢书……然而，老弟，她懂那么多，真叫人吃惊！你知道晚饭前，我们玩什么了吗？一起回想但丁的一首抒情诗，我们轮流每人背诵一句；我背错时她还纠正。这句诗你肯定知道——我是否能理智地对待爱情。[1]你可没有告诉我，她学过意大利文。”

“就连我也不知道啊。”我说道，心中也颇感意外。

“怎么可能！开始背诵诗的时候，她就说是你教给她的。”

“她一定是哪天听到我给她姐姐念了，她常在一旁做衣裳或刺绣，可是见鬼，当时她一点儿也没有显露出来听懂了。”

“真的！阿莉莎和你，也真够自私的。你们俩完全封闭在自己的爱情里，瞧也不瞧一眼她的才智和心灵的出色展现！我也不是自吹自擂，可毕竟我来得正是时候……哎！哪里，哪里，我不怪你，这你完全明白。”他说着，又拥抱我，“只求你答应我，只字也不要向阿莉莎透露。我要独自处理这件事。朱莉叶已经坠入情网，这是肯定的，而且相当肯定，我甚至敢把她撂一撂，下次放假再说，这期间连信都不打算给她写。不过，新年放假，你我一道去勒阿弗尔，到那时……”

“到那时怎么样……”

“到那时，阿莉莎就会突然得知我们订婚了。我打算将这事儿

1 原文为意大利文。

办得干脆利落。你猜接下来会出现什么情况？你一直得不到阿莉莎的允诺，我就以我们的榜样给你争取到手。我们要说服她相信，我们总不能在你们之前结婚……”

他这样一直讲下去，话语像浪涛一样，简直要把我淹没，甚至火车抵达巴黎也不住口，甚至回到学校还讲个没完。我们从火车站步行回校，虽然已是深夜，他还是陪我到宿舍，并且留下一直谈到清晨。

阿贝尔兴高采烈，把现在和未来一股脑儿全安排了。他展望到了，已经具体讲述我们双双举行婚礼的情景。他还想象并描绘每个人的惊讶和喜悦，自己也迷上了我们的美丽故事，迷上了我们的友谊和他在我的爱情中所起的作用。如此撩人的火热激情难以抵制，我终于觉得受了感染，也渐渐响应他那种虚无缥缈的建议。我们的雄心和勇气，也借助爱情之势膨胀起来，设想大学一毕业，我们就请沃蒂埃牧师主持婚礼，然后四个人动身去旅行，然后我们就干一番大事业，而我们的妻子也乐意同我们合作。阿贝尔对教书不感兴趣，他自认为天生就适于写作，只要创作出几部成功的剧本，就能很快挣到他需要的一大笔钱。至于我这个人，更喜欢研究，不大考虑收益，打算潜心研究宗教哲学，写一部宗教哲学史……可是，怀有那么多希望，现在回想起来又有什么用呢？第二天，我们又投入学习。

第四章

她伏在我肩上哀求，简直痛苦欲绝。
只要能减轻她的惶恐不安，豁出命去我也干。

转眼到了新年假期，这段时间过得飞快，我还受上次同阿莉莎谈话的激励，信念一刻也没有动摇。我按照心中的打算，每逢星期日给她写一封很长的信。一周的其他时日，我则回避同学，几乎只跟阿贝尔交往，在想念阿莉莎中生活，在自己爱看的书上为她做了不少记号，根据她可能产生的兴趣，来决定自己该对什么感兴趣。她经常给我回信，但是信的内容还是令我不安，看得出来，她热心关注我，主要是在鼓励我学习，而不是出于思想的冲动。在我看来，评价、讨论、批评，无非是表达思想的一种方式，可是她却相反，用这一切掩饰自己的思想。有时我甚至怀疑，她是当作一种游戏……管他呢！我拿定主意不发一点儿怨言，信中丝毫也不流露自己的不安情绪。

十二月底，我和阿贝尔又动身去勒阿弗尔。

我下了火车，便直奔普朗蒂埃姨妈家，到那儿时不巧她不在。不过，我刚在房间里安顿好，一名仆人就来通知说她在客厅里等我。

姨妈稍微问两句我的身体怎样，居住和学习怎样，接着就受亲情和好奇心的驱使，不管不顾地问道：

“你还没有告诉我呢，孩子，上次你在芬格斯玛尔住的那段日子，满意不满意？你的事儿有了点儿进展吧？”

姨妈为人憨直，我只好受着。可是，用最纯洁、最温柔的语言谈论我们的感情，我都觉得有点儿唐突，何况如此简单地对待呢。然而，她说话的语气却那么直率，那么亲热，我若是恼火就未免太愚蠢了。不过，开头我还是有所反应：“春天那时候，您不是对我说过订婚太早吗？”

“对，我知道，开头大家都这么说。”她拉起我一只手，深情地紧紧握住，又说道，“我知道，你要上学，要服兵役，好几年结不了婚。再说了，我个人就不大赞成订婚之后拖得太久，这会让姑娘们生厌的……不过，有时候也挺感人的……还有，订婚也没有必要搞得那么正式……只是让人明白——嗯！当然也不要张扬——让人明白，别再给她们找人家了。此外，订了婚，你们就能通信了，保持联系。总之，再有人登门求婚——这种情况很可能有，”她恰如其分地微微一笑，暗示道，“那就可以婉转地告诉对方……不行，别费这个心了。你知道吧，有人来向朱莉叶求婚了！今年冬天，她非常引人注意。年龄倒是还小了点儿，她也是这样答复人家的。不过，那年轻人表示愿意等待——说准确点儿，那人也不年轻了……但总归是门好亲，是个靠得住的人。明天你也就见到了——他要来瞧瞧我的圣诞树。对他是什么印象，你告诉我。”

“只怕他白费心思，姨妈，朱莉叶另有意中人了。”我说道，强忍着才没有立即讲出阿贝尔的名字。

“哦？”姨妈怀疑地撇了撇嘴，头歪到一边，发出疑问，“你这话可真叫我奇怪，她怎么什么也没有对我说呢？”

我咬住嘴唇，免得话说多了。

“哼！到时候就知道了……这阵子，朱莉叶身体不舒服……再说，现在不是谈她的事儿……啊！阿莉莎也很可爱……总之，有还是没有，你有没有向她表白？”

“表白”这个词，我打心眼儿里就反感，觉得它粗鲁得要命，但是，既然正面提出这个问题，我又不会说谎，就只好含糊地回答：“表白了。”我立即感到脸上发烧。

“那她怎么说？”

我垂下头，真不愿意回答，但又事出无奈，就更加含糊地回答：“她不肯订婚。”

“好哇，这个小丫头，她做得对！”姨妈高声说道，“你们的时间长着呢，当然了……”

“噢！姨妈，别说这事儿了。”我说道，可是拦也拦不住。

“其实，她这么做我一点儿也不奇怪。我一直觉得，你的表姐比你懂事……”

也不知道当时我怎么了，无疑是让这样的盘问弄得神经紧张，我突然感到心痛欲裂，便像小孩子一样，伏到好心肠的姨妈的双膝上，失声痛哭。

“姨妈，不，您不明白，”我高声说道，“她没有要求我等待……”

“什么！她是拒绝你啦！”她说道，语气满含怜悯，非常轻柔，同时用手扶起我的头。

“也不是……不，还不完全是。”

她忧伤地摇了摇头：“你担心她不爱你啦？”

“唉！不是，我担心的不是这个。”

“我可怜的孩子，你要想让我明白，那就得稍微说清楚一点儿呀。”

我又羞愧，又懊悔，不该显得这样意志薄弱。姨妈当然弄不明白，我这样含糊其词是何缘故。不过，阿莉莎拒绝的背后，如果隐藏着什么明确的动机，那么姨妈慢慢探问，也许能帮助我弄个水落石出。她很快就主动提出了：

“听我说，”她又说道，“明天早上，阿莉莎要来帮我布置圣诞树，我很快就能弄清到底是怎么回事，吃午饭的时候告诉你。我敢肯定，你会明白并没有什么可惶恐不安的。”

我去布科兰家吃晚饭。朱莉叶确实病了几天，在我看来样子变了。她那眼神略显凶狠，甚至近乎冷酷，跟她姐姐的差异比以前更大了。这天晚上，我同她们姐儿俩哪个都没有机会单独谈话，而且，我也丝毫没有这种愿望。舅父又显得疲惫，因此饭后不久，我就告辞了。

普朗蒂埃姨妈布置的圣诞树，每年都要招来一大帮孩子和亲友。圣诞树放在对着楼梯口的门厅里，而门厅又连着前厅、客厅，以及设了餐台的玻璃门的冬季花房。圣诞树还没有装点好。圣诞节的早晨，也就是我到达的次日，正如姨妈所说，阿莉莎早早就来了，帮着往圣诞树上挂装饰物、彩灯、水果、糖果和玩具。我倒十分乐意和她一起忙乎，但是，我得让姨妈和她单独聊聊，因此没有同她照面就出门了，整个上午就品味自己的不安情绪。

我先去布科兰舅父家，想见见朱莉叶，但是听说阿贝尔比我早到一步，正在她身边，我就立刻退出来，以免打扰一场关键性的谈话。我在码头和街上游逛，直到吃午饭时才返回。

“傻小子！”姨妈一见我回来，便高声说，“怎么能这样糟蹋自己的生活呢！今天早上你跟我说的那一套，没有一句是在理的话……哼！我也没有拐弯抹角，干脆打发走费力帮我们的阿斯布尔顿小姐，等到只有我和阿莉莎了，我就直截了当地问她，今年夏天为什么没有订婚。你大概以为会把她问得不好意思吧？——她一点儿也没有显得慌乱，非常平静地回答我说，她不愿意在她妹妹之前结婚。当初你若是开门见山地问一问，她就会像对我这样回答你。这点儿事就了不得了，自寻烦恼，对不对？明白了吧，我的孩子，什么也比不上实话实说……可怜的阿莉莎，她还对我提起她父亲，说她不能抛下不管……嗯！我们谈了很多。这丫头，非常懂事。她还对我说，她还不能肯定她就是对你合适的姑娘，恐怕年龄大了，希望你找个朱莉叶那样年龄的……”

姨妈还在说下去，可我已经听而不闻了。只有一个情况对我来说关系重大：阿莉莎不肯在她妹妹之前结婚。——嘿！不是还有阿贝尔嘛！这个自命不凡的家伙，他讲得还真有道理：一箭双雕，同时解决两桩婚事……

事情一说破却如此简单，我听了内心十分激动，但是尽量掩饰，只显露出在她看来非常自然的一种欢快，并且让她高兴的是，这种欢快似乎是她给的。刚吃过午饭，我也记不清找了一个什么借口，又离开她，去找阿贝尔了。

“哼！我跟你说什么来着！”他一听说我的高兴事儿，就一边拥抱我，一边高声说，“老弟呀，我已经可以向你宣布，今天上午，我同朱莉叶的谈话几乎具有决定意义，尽管我们差不多只谈了你。不过，她显得有点儿疲惫、烦躁……我害怕说得过头会使她过分激动，也害怕谈得过久会使她过分亢奋。有了你告诉我的这个情况，这事儿就成了！老弟呀，我这就扑向我的手杖和帽子，你要一直陪我到布科兰家门口，以便拉住不让我在半路飞起来——我觉得身子比欧佛里翁[1]还轻……等朱莉叶得知仅仅由于她阿莉莎才不肯答应你，等我马上一求婚……啊！朋友，我眼前已经浮现父亲的身影。今天晚上，他就站在圣诞树前，边赞美上帝边流下幸福的眼泪，满怀祝福地把手伸在两对跪着的未婚夫妇头上。阿斯布尔顿小姐要发出一声叹息，普朗蒂埃姨妈也会满襟泪水，而灯火辉煌的圣诞树将歌颂上帝的荣耀，像《圣经》里的群山那样鼓掌。”

只有等到天黑时，才能点亮圣诞树上的灯火，孩子和亲友才在圣诞树周围团聚。我同阿贝尔分手之后，无事可干，只觉六神无主，心情焦躁。为了消磨等待的这段时间，便跑到圣阿雷斯悬崖上，不料迷了路，等我回到普朗蒂埃姨妈家时，欢庆活动已经开始好一会儿了。

1　希腊神话中阿喀琉斯之子，长有双翼。

我一走进门厅，就看见阿莉莎，她好像在等我，一见我便迎上来。她穿一件半圆开领的浅色上衣，脖子上挂着一枚老式的紫水晶小十字架，那是我母亲的遗物，我送给她留作纪念，但是还从未见她戴过。她面容倦怠，一副惨苦的神情，看着真叫我心里难受。

“为什么这么晚你才回来？”她声调压抑，急促地说道，“我本来要跟你谈谈。”

“我在悬崖上迷路了……怎么，你不舒服了……噢！阿莉莎，出什么事儿啦？”

她站在我面前，嘴唇发抖，一时说不出话来。我惶恐不安到了极点，都不敢问她了。她抬手放到我的脖颈上，似乎要把我的脸拉近，想必要跟我说话。可是不巧，这时进来几位客人，她不免气馁，手又垂落下去……

“来不及了。”她喃喃说道。接着，她见我泪水盈眶，就以这种哄小孩的解释来回答我疑问的目光，好像这就足以使我平静下来：“不……放心吧，我只是有点儿头疼，这些孩子太喧闹了……我不得不躲到这儿来……现在，我该回到他们身边了。”

说罢她就突然离去。又有人进来，将我和她隔开。我打算进客厅找她，却看见她在另一端，正带周围一帮孩子做游戏。在我和她之间，我认出好几个人，要过去就得被他们缠住，寒暄一通，我感到自己做不来，也许溜着墙根儿……试试看吧。

我经过花房的大玻璃门时，忽然觉得胳臂让人抓住了。原来是朱莉叶，她半躲在门洞里，用门帘遮住身子。

“咱们到花房去，”她急匆匆说道，“我得跟你谈谈。你走你的，我随后就去那儿找你。”继而，她半打开门，停了一会儿，便溜进花房。

出什么事儿啦？我本想再跟阿贝尔碰碰头。他究竟说了什么？究竟干了什么？……我回到门厅瞧了瞧，这才进花房，看见朱莉叶在等我。

朱莉叶满脸通红，双眉紧锁，目光透出一种冷酷而痛苦的表情，眼睛亮晶晶的，就好像发了高烧，连说话的声音也似乎变得生硬而发紧了。她的情绪显得异常激奋，样子显得美极了，我虽然心事重重，见她这么美也不禁惊讶，甚至有点儿发窘。房中只有我们二人。

“阿莉莎跟你谈过啦？”她立刻问我。

“没说上两句话，是我回来太晚了。”

“你知道她要我先结婚吗？”

“知道了。”

她定睛看着我：

“那你知道她让我嫁给谁吗？”

我愣在那里没有回答。

“嫁给你！”她嚷了一声。

“简直荒唐透顶！”

“可不是嘛！”她的声调里既含绝望，又含得意。她挺了挺身子，确切地说，整个身子往后一仰……

“往后的事儿该怎么办，现在我知道了。”她含混地补充了一句，便打开花房的门，人一出去，随手又狠狠将门关上。

在我的头脑里和心里，一切都动摇了。我感到血液击打着太阳穴。在极度慌乱中，只有一个念头：找到阿贝尔，也许他能向我解释姐妹俩的话为什么这么怪……可是我不敢回客厅，怕是我这心慌意乱的样子，谁都能看得出来。于是我来到外面。花园寒气袭人，倒使我冷静下来。我在园中待了一会儿，夜幕降临，海雾遮蔽了城市，树木光秃秃的，大地和天空看上去无限凄凉……这时歌声响起，一定是围着圣诞树的儿童们的合唱。我走进门厅，看见客厅和前厅的门全敞着。客厅里空荡荡的，只发现姨妈半躲在钢琴后面，正和朱莉叶说话，客人全挤在前厅的圣诞树周围。孩子们唱完赞歌，全体肃静，站在圣诞树前边的沃蒂埃牧师，便开始布道了。他绝不放过任何一次机会，进行他所说的“撒播良种”。灯光和热气让我感觉不舒服，我还想到外面去，却忽然瞧见阿贝尔正靠门站着。他在那儿大概有一阵了。他以敌视的眼神注视我，当我们的目光相遇时，他就耸耸肩膀。我朝他走过去。

“笨蛋！”他低声说道，继而，又突然说道，“喂！走！咱们出去，这种说教我都听腻了！”我们一出了门，他见我不说话，只是不安地看着他，便又说道：“笨蛋！其实，她爱的是你，笨蛋！你就不能早点儿告诉我？”

我惊呆了，简直不敢相信。

“不可能，对不对！你光靠自己，甚至都察觉不出她的感情！”

他抓住我的胳臂，狠命地摇晃。他咬牙切齿，说话带着嘶嘶的颤音。

“阿贝尔，求求你了，”我由他拖着大步胡乱走着，半晌没吭声，也终于声音颤抖地说道，“先别发这么大火，还是告诉我怎么回事儿吧。我什么也不知道哇。”

来到一盏路灯下，他突然拉我站住，凝视我的脸。继而，他又猛地把我拉到一起，头搭在我肩上，呜咽着咕哝道：“对不起！我也一样，是个笨蛋。可怜的兄弟，我不比你强，也没有看出来。”

流过眼泪，他看来平静了一些。他抬起头，又朝前走去，同时说道：“怎么回事儿？……现在说它还有什么用呢？我不是跟你说过，今天早晨我同朱莉叶谈过了。她简直美极了，也显得特别兴奋，我还以为是我引起的，其实只是因为谈论你。”

“当时你就没有明白过来？……”

“没有，就是不明白。可是现在，多么微小的迹象，也都一清二楚了……”

“你就肯定没有弄错？”

“弄错！哎！亲爱的，只有瞎子，才看不出她爱的是你。”

“那么阿莉莎……”

“阿莉莎要牺牲自己。她无意中发现了秘密，就想给妹妹让位。喏，老弟！按说，这并不难理解……那会儿，我还要同朱莉叶谈谈，可是，我刚说两句话，确切地说，她一明白我的用意，就从我们坐的长沙发上站起来，一连说好几遍：‘我早就料到了。’而那声调却表明根本没有料到……”

“喂！可开不得玩笑！”

“怎么这么说？这件事，我觉得很滑稽……她冲进姐姐的房间。房里传出吵闹声，我听了不禁慌了神儿，很想再见见朱莉叶，不料过了一会儿，却是阿莉莎出来了。她戴了帽子，见到我显得挺不自然，匆匆打了声招呼就走过去了……就是这些。”

“你没有再见到朱莉叶？”

阿贝尔迟疑了一下，才说道：“见到了。阿莉莎走后，我就推门进去，看见朱莉叶站在壁炉前，臂肘拄在大理石炉台上，双手托着下巴颏儿，正一动不动地照镜子。她听见我进去的声音，头也不回，只是跺着脚嚷道：‘哎呀！别来烦我！’语气非常生硬，我不好再说什么就走了。就是这些。”

“那么现在呢？”

“哦！跟你一说，我感觉好多了……现在吗？跟你说，你要想法儿治好朱莉叶爱情的创伤。在这之前，阿莉莎不会回到你身边，否则就算我不了解她。”

我们默默地走了许久。

“回去吧！”他终于说道，“客人现在都走了。恐怕父亲在等我了。”

我们回去一看，客厅里的人果然都走了，前厅里的圣诞树上的礼物被拿光了，彩灯差不多全熄了，旁边只剩下姨妈和她的两个孩子、布科兰舅父、阿斯布尔顿小姐、我的两个表姐妹，还有一个相当可笑的人物，我曾见他同姨妈长时间交谈，不过这会儿才认出他就是朱莉叶所说的那位求婚者。他的身材比我们每人都高大、健壮，脸色也比我们每人都红润，但是头顶差不多秃了。他显然来自另一个等级，另一个阶层，另一个种族，在我们中间似乎感到自己是异类。他揪着一大撮花白髭胡，神经质地捻来捻去。门厅的灯已经熄灭，但是门还开着，因此，我们俩悄悄地回来，谁也没有发觉。我一阵揪心，有一种可怕的预感。

“站住！”阿贝尔说了一声，同时抓住我的胳臂。

这时，我们看见陌生人走到朱莉叶近前，拉起她的手；而朱莉叶没有扭头看他，但是手却任由人家握住而未反抗。我的心顿时沉入黑夜。

“喂，阿贝尔，怎么回事？”我嗫嚅道，就好像我还不明白，或者希望理解错了。

“这还用说！小丫头要抬高身价。”他说道，话语夹着嘘音，“她可不肯甘居姐姐之下。天使肯定在天上鼓掌祝贺呢！”

阿斯布尔顿小姐和我姨妈都围在朱莉叶身边，舅父过去亲了亲小女儿，沃蒂埃牧师也凑上前……我往前跨了一步，阿莉莎一发现我，立即跑过来，颤抖着说道：“杰罗姆啊，这事儿可不成。朱莉叶并不爱他！今天早上她还跟我说来着。想法儿阻止她，杰罗姆！噢！将来她可怎么办啊？……”

她伏在我的肩上哀求，简直痛苦欲绝。只要能减轻她的惶恐不安，豁出命去我也干。

忽然，圣诞树那边一声叫喊，接着便是一阵混乱……我们跑过去，只见朱莉叶不省人事，倒在我姨妈的怀里。大家都围拢过去看她，我几乎瞧不见，只看到散乱的头发向后扯她那张惨白的脸。她的身体在抽搐，显然不是一般的昏厥。

“哎！没事儿，没事儿！”姨妈高声说，以便让我舅父放心，而沃蒂埃牧师用食指指天，已经在安慰他了。姨妈又说道：“没事儿！一点儿事也没有。只是太激动了，一时神经太紧张。泰西埃先生，您有劲儿，帮我一把，我们把她抬进我的房间，放到我床上……放到我床上……”接着，她又附在长子的耳边说了句什么，只见他立刻出门，肯定是请医生去了。

姨妈和那个求婚者，抬着半仰在他们手臂上的朱莉叶的肩膀。阿莉莎则深情地搂住妹妹的双脚。阿贝尔上前托住她那要朝后仰的头——我看见他拢起她那散乱的头发，弯下腰连连亲吻。

到了房间门口我就停下。大家将朱莉叶安置在床上。阿莉莎对泰西埃先生和阿贝尔说了几句话，我没有听见。她把他们送到门口，请求我们让她妹妹休息，有她和我姨妈照看就行了……

阿贝尔抓住我的胳臂，拉我到外面。我们俩心灰意懒，漫无目的，在黑夜中走了很久。

第五章

我们故意延长等待的时间，是出于一种挑战的心理。也许是基于害怕的心理，害怕我们的重聚不会那么完美。

我的一生除了爱情别无他求，于是抓住爱情不放，只关注我的女友，其他什么也不期待，也不想期待了。

次日，我正要去看看她，姨妈却拦住我，递给我她刚收到的这封信：

> ……朱莉叶服了医生开的药之后，直到凌晨，烦躁的情绪才算缓解。我恳求杰罗姆这几天不要来。朱莉叶需要绝对的安静，她会听出杰罗姆的脚步或者说话的声音。
>
> 朱莉叶病成这样，恐怕我得守护了。假如杰罗姆动身之前，我还不能接待他，亲爱的姑妈，就烦请你转告一声，我会给他写信的……

这道禁令只是针对我，姨妈可以随便去，任何别人也可以随便去布科兰家，而且姨妈上午就要去一趟。我能弄出什么声音来？多么差劲儿的借口……没关系！

“好吧，不去就不去。”

不能很快去看看阿莉莎，我心里特别不是滋味，然而又害怕再次见面，害怕她把妹妹的病状归咎于我，因此不去见她，倒比见她发脾气容易忍受一些。

至少，我还想见见阿贝尔。到了他家门口，一名女仆交给我一张字条：

> 我给你留这张字条，免得你担心。待在勒阿弗尔，离朱莉叶这么近，这是我不能忍受的。夜晚同你分手之后，我就立即乘船去南安普敦。我打算去伦敦S君家……度完假期。我们回学校再见。

所有人的救援，一下子全丧失了，再待下去就只有痛苦，于是未等开学，我就回到巴黎。我的目光转向上帝，转向广施真正的安慰、各种恩泽和完美赏赐的主。我的痛苦也同样献给他，想必阿莉莎也是向他寻求庇护的，而且一想到阿莉莎在祈祷，我的祈祷也就受到鼓舞和激励。

在沉思和学习中过去好长一段时间，除了我和阿莉莎往来通信，没有任何大事可言。她的信件我全留着，此后有记忆模糊的地方，就拿来参照……

勒阿弗尔的消息，起初还是通过姨妈，也仅仅通过她得到的。我得知头几天朱莉叶病情严重，着实让人担惊受怕。我离开的第十二天早上，终于接到阿莉莎的这封信：

亲爱的杰罗姆，请原谅，没有及早给你写信。我们可怜的朱莉叶病成这样子，我实在抽不出时间来。你走之后，我几乎日夜守护她。我们的情况，我曾请姑妈告诉你，想必她这样做了。你应当知道，这几天来，朱莉叶好多了。我感谢上帝，但是还不敢太乐观。

直到现在我还没有怎么提罗贝尔，他比我晚几天回到巴黎，给我带来他两位姐姐的消息。我关心他是因为她们的缘故，而不是我天生的性格所致。他在农学院就读，每逢放假，我总照顾他，想方设法多让他散散心。

我不敢直接问阿莉莎和我姨妈的事情，而是通过罗贝尔了解到的：爱德华·泰西埃去得很勤，探望朱莉叶的病情，不过，在罗贝尔离开勒阿弗尔之前，朱莉叶还没有再同他见过面。我还得知从我走后，她在姐姐面前一直沉默不语，怎么也无法让她开口。

不久之后，我又听姨妈说，订婚一事，朱莉叶本人要求尽早正式宣布，而阿莉莎却像我预感的那样，希望立即解除。她决心已定，只是板着脸，一言不发，什么也不看，怎么劝告，怎么命令，怎么哀求也无济于事……

时间就这样过去。我只收到阿莉莎一些令我极为失望的短信，还真不知道回信写什么好。冬季的浓雾笼罩，无论学习的灯光，还是爱情和信仰的全部热忱，唉！都不能驱散我心中的黑夜和寒冷。时间就这样过去了。

后来，春季的一天早上，我忽然收到姨妈转来的一封信——是她不在勒阿弗尔时阿莉莎写给她的。信中能说明问题的部分抄录如下：

……赞扬我的顺从吧！我听从了你的劝告，接见了泰西埃先生，同他长谈了。我承认他的表现极佳，老实说，我几乎相信，这门婚事不会像我当初担心的那样不幸。当然，朱莉叶并不爱他，但是一周一周下来，他给我不值得爱的印象逐渐削弱了。他能清醒地看待自己的处境，也没有看错我妹妹的性格，不过，他深信他所表达的爱情极为有效，自信没有他的恒心所克服不了的东西。这就表明他爱得很深。

杰罗姆那么照顾我弟弟，令我十分感动。我想他这样做，完全出于责任也可能是为了让我高兴——因为罗贝尔和他的性格没有什么相似之处。毫无疑问，他已经认识到，担负的责任越艰巨，就越能教诲和提高人的心灵。这种思考未免超凡脱俗！不要太笑话你的大侄女，须知正是这类想法支撑着我，帮助我尽量把朱莉叶的婚姻视为一件好事。

亲爱的姑妈，你的体贴关怀，让我心里感到很温暖！……然而，你不要认为我有多么不幸，我几乎可以说：恰恰相反，因为，朱莉叶刚刚经受的考验，也在我身上产生了反响。《圣经》里的这句话："信赖人必不幸。"过去我常背诵，却不大明白，现在却恍然大悟了。这句话最早不是在我的《圣经》里，而是在杰罗姆寄给我的一张圣诞贺卡上读到的，那年他还不到十二岁，我也刚满十四岁。卡片上有一束花，当时我们觉得非常好看，旁边印着高乃依[1]的释义诗：

是何种战胜尘世的魅力
今天引我飞升去见上帝？
把希望寄托在世人身上，
到头来自身就会遭祸殃！

不过，老实说，我更喜欢耶利米[2]那句言简意赅的话。毫无疑问，杰罗姆当时选这张贺卡，没大注意这句话。但是从他新近的来信能判断出，如今他的倾向同我颇为相像。我感谢上帝把我们俩同时拉得靠近他。

我们那次谈话，我记忆犹新，不再像过去那样给他写长信，免得打扰他学习。你一定会认为，我这样谈他是想借机补回来。我就此搁笔，怕再写下去。下不为例，不要太责怪我了。

这封信叫我怎么想啊！可恨姨妈总爱瞎管闲事（阿莉莎提到的令她对我沉默的那次谈话，究竟是怎么回事），还瞎献殷勤，干吗把信转给我看！阿莉莎保持沉默，已经够我受的了。哼！她不再对

1 高乃依（1606—1684），法国古典主义悲剧作家。
2 耶利米（约公元前650/645—前580），《圣经·旧约》中四人先知之一，做过犹太王约西亚的先知。

我讲的事却写信告诉别人，这情况就更不应该让我知道啦！这封信处处让我气愤——我们中间这些细小的秘密，她都这么轻易地讲给姨妈听，语调还这么自然，这么坦然，这么认真，这么诙谐，叫我看着简直……

“哎，不，我可怜的朋友！你恼火，就因为这封信不是写给你的。”阿贝尔对我说道。阿贝尔成为我每天的伙伴，是我唯一能够谈心的人。我感到孤独的时候，感到气馁，需要发点怨言赢得同情的时候，就不断向他倾诉；我陷入困境的时候，也相信他能给我出好主意，尽管我们性情不同，或者正因为性情不同……

“咱们研究研究这封信吧。”他说着，将信往写字台上一摊。

四天三夜，我是在气恼中度过的！现在朋友要给我分析分析，我自然愿意听一听了：“朱莉叶和泰西埃这部分，我们就丢进爱情之火中，对不对？我们知道那火焰的厉害。不错！我看泰西埃就像扑火的飞蛾……”

“别说这个了，”我听他这样开玩笑不禁反感，便对他说，“看看其余部分吧。”

“其余部分？”他说道，“其余部分全是写给你的。你就抱怨吧！没有一行，没有一个词不充满对你的思念。可以说，整个这封信就是写给你看的。菲莉西姨妈将它转给你，倒是物归原主了。阿莉莎不能直接写给你，就寄给这位好姑妈，这是不得已而求其次。其实，你姨妈懂得什么高乃依的诗！——顺便说一句，这是拉辛[1]的

1　让·拉辛（1630—1699），法国古典主义悲剧家。与高乃依和莫里哀合称十七世纪最伟大的三位法国剧作家。

诗——跟你说吧，她这是同你谈心。所有这些话，是说给你听的。两周之内，你表姐如不以同样轻松愉快的口气，写同样的长信，那只能表明你是个大笨蛋……”

“她不大可能这样做。”

“这全看你的了！你还要我出主意吗？那好，从现在起，在很长一段时间内，你绝口不提你们的爱情，也不提结婚。她妹妹出了事儿之后，她懊恼的正是这个，难道你还看不出来吗？你要在手足之情上下功夫，不厌其烦地同她谈罗贝尔，既然你这样耐心照顾这个傻瓜。只要持续不断地让她的精神得到愉悦，其余的事儿就自然水到渠成。嘿！换了我，瞧我怎么给她写信！……”

“你可没有资格爱她。”

然而，我还是按照阿贝尔的主意行事。时过不久，阿莉莎的信果然又恢复生气。不过，我还不敢指望她由衷地快活起来，毫无保留地交心，那要等到即或不能保障朱莉叶的幸福，也要保障她的终身之后。

阿莉莎告诉我，朱莉叶病情好转，婚礼将在七月份举行。阿莉莎在信中还说，她认为办喜事那天，我和阿贝尔肯定要上课而参加不了……我明白她的意思，我们最好不要出席婚礼。于是，我们便以考试为由，仅仅去信祝贺了。

婚礼之后约有半个月，阿莉莎给我写来一封信：

我亲爱的杰罗姆：

你想想我该多么惊讶，昨天我偶尔翻阅拉辛的这本漂亮的书，发现了夹在我的《圣经》中快十年的圣诞贺卡，就是你送给我的那张贺卡上的四句诗：

是何种战胜尘世的魅力
今天引我飞升去见上帝？
把希望寄托在世人身上，
到头来自身就会遭祸殃！

我原以为是引自高乃依的一首释义诗，老实说，当时我并不觉得它有多美。不过，我接着阅读第四章圣歌时，碰到几节诗，觉得十分美妙，就忍不住抄下来寄给你。从你贸然写在页码边上的缩略姓名来判断（我的确养成了这种习惯，爱在我的书和阿莉莎的书上我喜欢的章节旁，写下她名字的头一个字母，以示提醒），你肯定读过。这倒没有什么关系！反正我抄录下来也是自得其乐。我还以为有什么新发现，可是一看到是你建议读的，开头不免有点儿扫兴，继而转念一想，你跟我一样喜欢这些诗章，又以喜悦取代了这种不快的感觉。我抄录的时候，就觉得你又跟我一起阅读：

永恒智慧如雷的声音，
用这种话语教导我们：
人类子孙哟，你们听着

光靠自身有什么结果？
虚妄的灵魂，实在谬误，
竟让纯洁的血液流出，
往往只换取虚形幻影，
而不是能果腹的圣饼，
你们付出纯洁的血液。
为何比从前还要饥饿？
我向你们推荐的圣饼，
唯有天使才能享用；
使用的是优质面粉，
由上帝亲手制作而成。
这种圣饼多么香甜，
尘世的餐桌怎能得见！
随我走我就给圣饼，
你们不要留恋这尘寰。
过来吧，你们要永生？
拿着吧，吃下这圣饼。
……
被俘的灵魂有多幸运，
在主的枷锁里得安宁，
渴了畅饮长生之泉，
长生泉永远也流不尽。
这泉水人人可畅饮，

这泉水欢迎所有人。
然而我们却狂奔乱窜，
跑去寻找什么泥潭，
寻找什么骗人的水池，
那里的水时刻会流逝。

多美呀！杰罗姆，多美呀！你真的和我觉得它同样美吧？我这个版本上有一条小注解，说德·曼特侬夫人[1]听到德·欧马尔小姐唱这支圣歌，似乎十分赞赏，“洒了几滴眼泪”，并请她重复唱了一段。现在我记在心里，还不厌其烦地背诵。我唯一伤感的是，在这里没有听你给我朗诵过。

我们那对旅行结婚的夫妇，继续传来佳音。要知道，在巴约纳[2]和比亚里茨[3]，尽管天气酷热，别提朱莉叶玩得有多高兴了。后来，他们又游览了封塔拉比亚，到布尔戈斯停了停，两次翻越比利牛斯山脉……现在，朱莉叶是在蒙塞拉给我写来一封欢欣鼓舞的信。他们打算还要在巴塞罗那逗留十天，然后再回到尼姆，因为爱德华要在九月之前

1　德·曼特侬侯爵夫人（1635—1719），先是负责教育路易十四的子女，1683年与国王结婚。1715年国王去世，她便隐居圣西尔，设学校教育穷苦的贵族子弟。

2　法国巴斯克区的首府，处于法国和西班牙接壤处。（编者注）

3　法国大西洋沿岸最豪华、最庞大的度假胜地。（编者注）

赶回去，以便安排好收获葡萄。

父亲和我，我们住到芬格斯玛尔已有一周，阿斯布尔顿小姐明天就来，四天之后，罗贝尔也回来了。跟你说，这个可怜的孩子考试没有通过，倒不是因为题目太难，而是主考老师向他提出的问题太古怪，弄得他不知所措。我从你的信中得知罗贝尔很用功，就难以相信他没有准备好，看来还是那位主考老师喜欢刁难学生。

至于你的优异成绩，亲爱的朋友，我不能说什么祝贺的话，总觉得这是理所当然的。杰罗姆，我对你信心十足，一想到你，心里就充满希望。你前次提起的那项工作，现在能着手就做起来吗？……

……这儿的花园什么也没有变，然而，住宅却显得空荡荡的！我求你今年不要回来，现在你该明白为什么，对不对？我感到这样更好些。可是我每天都要在心里说一遍，因为，这么久不见你，确实挺难受的……有时，我就不由自主地寻找你，看看书会停下，猛然一回头……就觉得你在旁边！

我接着写信。已经是夜间了，别人都睡觉了，我还对着敞开的窗户给你写信。花园弥漫着芳香，空气温煦。你还记得吗，我们小时候，一看见或者听到美妙的东西，心中就想：上帝啊，谢谢你创造出来……今天夜晚，我全部心思都在想：上帝啊，谢谢你创造出这样美好的夜晚！于是，我突然希望你就在这儿，感到你在这儿，就在身边，这种愿望极为强烈，你大概已经感觉到了。

是的，你在信中说得好，“在天生纯良的心灵里”，赞美和感激融为一体……还有多少事情我要写给你呀！——我想到朱莉叶说的那个阳光灿烂的国家。我还想到别的国度，更加辽阔，更加空落落，阳光也更加灿烂。我身上寓居一种奇异的信念：终有一天，我也不知道以什么方式实现，我们将一同看到一个神秘的地方……

您不难想象，我看这封信是多么欣喜若狂，又流下多少爱情的眼泪。还有一些信件接踵而来。阿莉莎固然感谢我没有去芬格斯玛尔，她固然也恳求过我今年不要去见她，但是她确实也遗憾我不在跟前，现在渴望同我见面，每页信纸都回响着这一召唤。我哪儿来的力量拒不响应呢？无疑是听了阿贝尔的劝告，无疑怕一下子毁了我的快乐，也是我拘谨的天性阻遏我感情的宣泄。

后来的几封信中，凡是能说明这篇故事的部分，全抄录如下：

亲爱的杰罗姆：

看你的信，我沉浸在喜悦中。我正要答复你从奥尔维耶托写来的信，又同时接到你分别从阿西西和佩罗贾写来的信。我也神游这些地方，仿佛只把躯体留在这里。真的，我和你行驶在翁布里亚[1]的白色大路上；一早和你一道启程，用崭新的目光凝望曙光……在科尔托纳的平台上，你真的呼唤我了吗？我听见了……在阿西西城的北山上，我们渴得要命！方济各会修士[2]给我的那杯水多么可口！我的朋友啊！我是透过你看每件事物。我多么喜欢你给我的信上关于圣徒方济各的那段话！是的，应当寻求的，绝不是思想的一种解放，而是一种狂热。思想的解放必定会产生可恶的骄傲。树立思想的抱负，不是要反抗，而是要效劳……

尼姆方面的消息好极了，我觉得这是上帝允许我尽情欢乐。今年夏天的唯一阴影，就是我那可怜父亲的精神状态。尽管我悉心照料，他依然愁眉苦脸，确切说来，我一丢下他独自一人，他就重又沉入悲伤，而且总是难以自拔。我们周围的大自然多么欢快，可是大自然的语言对他变得陌生了，他甚至都不用心去听了。——阿斯布尔顿小姐还好。我给他们二人念你的信。每封信，我们都要足足谈论三天；接着下一封信又寄到了。

……罗贝尔前天离开我们。假期的最后几天，他要去他朋友R君家度过，R君的父亲经营一座模范农场。毫无疑问，我们在这里过的生活，在罗贝尔看来不大快活。他提出要走，我当然只能支持他的计划……

1 意大利中部地区。

2 天主教托钵修会之一。由耶稣会创始人之一圣方济各所创。会士穿灰色长袍，因此又被称为“灰衣修士”。（编者注）

……要对你讲的事儿太多了！我真渴望这样永无休止地交谈下去！有时，我想不出词儿来，思路也不清晰了——今晚给你写信，就恍若做梦——只有一种近乎紧迫的感觉：有无限的财富要赠予和接受。

在那么漫长的几个月中，我们竟然能保持沉默。毫无疑问，我们那是冬眠。噢！那个可怕的沉默的冬季，但愿它永远结束啦！我又重新找到了你，就觉得生活、思想、我们的灵魂，一切都显得那么美，那么可爱，那么丰饶而永不枯竭。

9月12日

你从比萨寄来的信收到了。我们这里也晴空万里，诺曼底从来没有像现在这样美。前天我独自一人漫步，穿越田野兜了一大圈，回家并不觉得累，还兴奋不已，完全陶醉在阳光和快乐之中。烈日下的草垛多美啊！我无须想象自己在意大利，就能感到一切都很美好。

是的，我的朋友，你所说的大自然的“混杂的颂歌”，我聆听并听懂了，这是欢乐的礼赞。这种礼赞，我从每声鸟啼中都能听出，从每朵花的芳香中都能闻到，因此我认定，赞美是唯一的祈祷形式——我和圣方济各重复说：我的上帝！我的上帝！“而非别者”[1]，心中充满难以言

1　原文为意大利文。

传的爱。

你也不必担心，我绝不会转而成为无知修会修女！近来我看了不少书，这几天也是下雨的关系，我仿佛将赞美收敛到书中了……刚看完马勒伯朗士[1]，就立刻拿起莱布尼茨的[2]《致克拉克的信》。继而放松放松，又看了雪莱[3]的《钦契一家》，没有什么意思，还看了《多愁善感的女人》……说起来可能惹你生气，我觉得雪莱的全部作品、拜伦的全部作品，也抵不上去年夏天我们一起念的济慈[4]的四首颂歌；同样，雨果的全部作品，也抵不上波德莱尔的几首十四行诗。“大”诗人这个字眼儿，说明不了什么，重要的是是不是一位“纯”诗人……我的兄弟哟！谢谢你帮我认识，理解并热爱这一切。

……不，切勿为了相聚几天的欢乐就缩短你的旅行。说正经的，我们现在还是不见面为好。相信我，假如你在我身边，我就不会进一步思念你了。我不愿意惹你难过，然而现在，我倒不希望你在眼前了。要我讲实话吗？假如得知你今天晚上来……我马上就躲开。

噢！求求你，不要让我向你解释这种……感情。我仅仅知道我一刻不停地思念你（这该足以使你幸福了），而

---

1 马勒伯朗士（1638—1715），法国哲学家、神学家。

2 莱布尼茨（1646—1716），德国哲学家、数学家。

3 雪莱（1792—1822），英国诗人。

4 济慈（1795—1821），英国诗人。四首颂歌当指《夜莺》等。

我这样就很幸福。

……

收到最后这封信不久，我便从意大利回国，并且立即应征入伍，被派往南锡服兵役去了。在那里我举目无亲，没有一个熟人，不过独自一人倒也欣然，因为这样一来，无论对阿莉莎和我这骄傲的情人来说，情况就更加清楚。她的书信是我的唯一庇护所，而我对她的思念，拿龙萨[1]的话来讲，就是我“唯一的隐德来希[2]”。

老实说，我轻松愉快地遵守相当严厉的纪律，什么情况都能挺住，我在写给阿莉莎的信中，仅仅抱怨她不在身边。我们甚至认为，这样长时间的分离，才是对我们勇气的应有的考验。“你呀，从来不抱怨，”阿莉莎给我写道，“你呀，我也很难想象会气馁……”为了证明她这话，又有什么我不能忍受的呢？

我们上次见面一别，将近一年过去了。这一点她似乎没有考虑，而仅仅从现在才开始等待。于是我写信责怪她，她却回信说：

我不是同你一道游览意大利了吗？忘恩负义！我一天也没有离开过你。要明白，从现在起的一段时间里，我不能跟随你了，正因为如此，也仅仅因为如此，我才称作分离。不错，我也尽量想象你穿上军装的样子……可是我想象不出来。顶多能想到晚上，你在甘必大街的那间小寝室

1 龙萨（1524—1585），法国七星诗社的诗人。

2 古希腊哲学家亚里士多德的用语，意为“圆满”。

里写信或看信……甚至能想到，不是吗？一年之后你在芬格斯玛尔或者勒阿弗尔的样子。

一年！我不计数已经过去的日子，我的希望盯着将来的那一点，看着它缓慢地，极慢地靠近。想必你还记得，在花园尽头，墙脚下栽种菊花的那堵矮墙，我们曾冒险爬上去过，你和朱莉叶大胆地往前走，就像直奔天堂的穆斯林；可是我，刚走两步就头晕目眩，你在下面就冲我喊："别低头看你的脚！……往前看！盯住目标！一直朝前走。"最后，你还是爬上墙，在另一头等我，这比你的话管用多了——我不再发抖了，也不觉得眩晕了，眼睛只注视着你，跑过去，投入你张开的手臂……

杰罗姆，如果没有对你的信赖，那我该怎么办呢？我需要感到你坚强，需要依靠你。你可别软弱。

我们故意延长等待的时间，是出于一种挑战的心理，也许是基于害怕的心理，害怕我们的重聚不会那么完美，我们商定临近新年那几天假，我就去巴黎陪陪阿斯布尔顿小姐……

我对您说过，我并不把所有信件照录下来。下面是我在二月中旬收到的一封信：

前天我好激动啊，经过巴黎街M书店，看见橱窗赫然摆着阿贝尔的书——你告诉过我，可我总不相信他会真的出书。我忍不住走进去，但是觉得书名十分可笑，犹豫半晌最终没有对店员讲。我甚至想随便抓一本书就离开书店，幸好柜台旁边有一小摞《如胶似漆》出售，我无须开口，操起一本，丢下一百苏就走了。

我真感激阿贝尔没有把他的作品寄给我！我一翻阅就会感到丢脸。说丢脸，主要不是指书本身——我在书中看到的蠢话比下流话多——而是想到书的作者阿贝尔，就是你的好友阿贝尔·沃蒂埃。我一页页看下去，并没有找见《时代》杂志的批评家所发现的“伟大天才”。在我们勒阿弗尔经常谈论阿贝尔的小圈子里，我听说这本书非常成功。这种不可理喻的庸俗无聊的才智，被称作“轻松自如”和“优美”。自不待言，我始终持谨慎的态度，只对你谈谈我的读后感。至于可怜的沃蒂埃牧师，开头他挺伤心，这也是理所当然的，后来就拿不定主意了，是不是应当引以为豪，因为周围的人都极力劝他相信儿子的成功。昨天在普朗蒂埃姑妈家，V太太突然说：“令郎成绩斐然，牧师先生，您应当高兴才是！”他却有点惶恐不安，回答说：“上帝啊，我还没有想到这一步……”“您会想到的！您会想到的！”姑妈连声说道，她这话当然没有恶意，不过语气充满了鼓励，把所有人，包括牧师本人全逗笑了。据说报上已经载文，透露他正为一家通俗剧院创作剧本《新阿坝亚尔》，可是搬上舞台会怎么样呢？……可怜的阿贝尔！难道这就是他所渴望的成功，并要以此为满足吗？

昨天我阅读《永远的安慰》[1]，看到这段话："凡真正渴求真正永恒的荣耀者，则必放弃世俗的荣耀；凡不能于内心鄙视世俗的荣耀者，则必不会爱上天的荣耀。"由此我想：我的上帝，感谢你选中杰罗姆当此上天的荣耀，而相比之下，另一种荣耀不值一提。

在单调的军营生活中，一周又一周，一月又一月流逝过去。然而，我的思想只能紧紧抓住回忆或者希望，倒也不怎么觉得时间过得多慢，时日多么漫长。

舅父和阿莉莎打算六月份去尼姆郊区看望朱莉叶，那是她的预产期；不过，那边的消息不太好，他们便提前动身了。

到尼姆之后，阿莉莎给我写信来：

你的上封信寄到勒阿弗尔时，不巧我们刚刚离开，经过一周才转到我手中，究竟是怎么回事儿呢？整整一周，我就跟丢了魂儿似的，又惊悚，又猜疑，虚弱得很。我的兄弟啊！只有同你在一起，我才能真正成为我自己，超越我自己……

朱莉叶身体状况有所好转，说不上哪天就分娩，我们等着，并不怎么担心。她知道我今天早晨给你写信。我们到达埃格-维弗的次日，她就问过我："杰罗姆呢，他怎

1 中世纪法国的宗教书籍。（编者注）

么样啦？……他一直给你写信吗？……”我自然不能对她说谎。“你再给他写信时，就告诉他……”她迟疑一下，又含笑极为轻柔地说，“……说我治好了。”——她给我写信总那么快活，只怕她是做戏骗我，也骗她自己……她今天用来营造幸福的东西，同她从前所梦想的大相径庭，而当初她的幸福应当取决于她所梦想的东西！……噢！所谓的幸福同心灵相去不远，而似乎构成幸福的外部因素则无足轻重！我独自在常青灌木丛那边漫步，有许多感触，这里就不赘述了。不过我要说一点：最令我惊讶的是，我并没有感到更快活。朱莉叶幸福了。我应当满心欢喜才是……然而为什么又无缘无故地伤感，而我却摆脱不掉这种情绪呢？……你从意大利给我写信的时候，我善于通过你观察万物；而现在我没有你所看到的一切，似乎都是从你那儿偷来的。还有，我在芬格斯玛尔和勒阿弗尔，养成了忍耐雨天的抗力；可是到了这里，这种抗力用不上了，而我感到它派不上用场，心中便觉不安。当地人的笑容和景物令我不快，我所说的“忧愁”，也许仅仅不像他们那样喧闹罢了……毫无疑问，从前我的快乐中掺杂几分骄傲，因为现在，我来到这种陌生的欢快的氛围中，就有一种近似屈辱的感觉。

我来到这里之后，就未能怎么祈祷——我有一种幼稚的感觉，上帝不在原来的位置上了。再见，我马上就搁笔了。我感到羞愧，竟然这样亵渎上帝，表现出软弱和伤感，而且还老实承认，写信告诉你这一切，这封信如果今晚不寄走，明天我就可能撕掉……

接下来的一封信，就只谈了刚出生的小外甥女，打算请她做教母，朱莉叶多么高兴，舅父多么高兴，就是不提她本人的感想。

继而，又是从芬格斯玛尔写来的信，七月份朱莉叶去了那里……

今天早晨，爱德华和朱莉叶离开了我们。我最舍不得的还是我那小教女，半年之后再见面，恐怕认不出她的每一个动作了；而到现在为止，她的一举一动，无不是在我的注视下生发出来的。人的成长，总是那么神妙难测而令人惊讶！我们只是因为不大留意，才没有经常产生这种惊奇之感。有多少时辰，我俯看这充满希望的小摇篮。由于何等自私、自满和不求上进，人的这种发展就戛然而止，距离上帝那么远就固定下来呢？唉！假如我们能够，而且愿意靠上帝再近一点儿……那种竞赛该有多好啊！

看来朱莉叶很幸福。我见她放弃钢琴和阅读，起初还挺伤心。可是，爱德华·泰西埃不喜欢音乐，对书籍也没有什么大兴趣，因此，朱莉叶不去寻求不能与他分享的乐趣，也算是明智之举。反之，她对丈夫的营生渐渐发生兴趣，而丈夫也让她了解所有生意情况。今年，他的生意有很大发展，他还开玩笑地说，他结了这门婚事，才在勒阿弗尔赢得大量客户。最近这次外出洽谈生意，爱德华还让罗贝尔陪同，对他关怀备至，并说了解他的性格，可见他对这项工作实实在在产生兴趣。

父亲的身体好多了。眼见女儿幸福了，他也年轻起来，又开始关心农场、花园，有时还让我继续高声给他念书。前一阶段阿斯布尔顿小姐也在，我开始给他们念德·于伯奈男爵的游记，我对这本书也产生了浓厚的兴趣，由于泰西埃一家人来才中断。现在，我有更多的时间用来读书，不过，我还等你给予指点。今天上午，我一连翻看了好几本书，对哪一本都不感兴趣！……

从这时候起，阿莉莎的信越发暧昧而急迫了。夏末，她在给我的信中这样写道：

我怕让你担心，就没有告诉你，我是多么盼望你回来。在重新见到你之前，我度日如年，每一天都压得我喘不上气来。还有两个月呀！我觉得比我们已经别离的全部时间还要长！我在等待中为了消磨时光所干的事儿，在我看来全是暂时性的，无足挂齿，我强制自己做什么都做不下去。书籍丧失了灵验，读起来索然无味；散步也吸引不了我；花园也黯然失色，没有了芳香，整个大自然都失去了魔力。我羡慕起你当兵的苦差事，羡慕不由你选择的强制训练。那种训练让你顾不了自己，让你疲惫不堪，鲸吞你的白天，而到了晚间，又把你困乏的身子推入梦乡。你向我谈到的操练，描绘得活灵活现，真叫我心神不宁。这几天夜晚我觉都睡不好，好几次惊醒，听见了起床号声，实实在在听到了。你说的那种微微的陶醉、清晨的那种轻快、那种惺忪的状态……我都能想象得真真切切。在清冷的灿烂曙光中，马尔泽维尔高原的景色该有多美！……

近来我的身体不大好。嗯！也没有什么大事儿。大概只是因为盼你的心情急切了些。

六周之后，我又收到一封信：

我的朋友，这是我最后一封信了。你的归期虽然还未确定，但是也不会久了，因此我不能再给你写信了。本来我希望在芬格斯玛尔田庄与你相见，可是现在季节变得很糟，天气非常冷了，父亲开口闭口要回城。朱莉叶和罗贝尔都不在跟前，让你住在我们家一点儿问题也没有。不过，你最好住到菲莉西姑妈那里，她也会很高兴接待你的。

相见的日期迫近，我盼望的心情也越发焦急了，简直惶恐起来了。原先那么盼你回来，现在彷佛又怕你回来；我尽量不去想它。我想象听见你按门铃的声音、你上楼的脚步声，而我的心即刻停止跳动，或者感到不适……尤其不要期望我能对你说什么……我感到我的过去就此完结，往前什么也看不见。我的生命停止了……

不料，四天之后，即我复员的前一周，我又收到她一封短简：

我的朋友，我完全同意你的想法，不在勒阿弗尔逗留太久，也不把我们久别后第一次见面的时间拉得太长。我们在信中什么都写到了，见了面还有什么可说的呢？既然从二十八号起，你就得回巴黎注册，那你就别犹豫，甚至不要惋惜只同我们一起待了两天。我们不是有整整一生吗？

第六章

我们的全部通信无非一大幻影，我们每人，唉！
不过是在给自己写信……杰罗姆！杰罗姆！噢！我们还是永远分开吧！

我们第一次见面是在姨妈家。我突然觉得服了兵役，自己变得滞重而笨拙了……事后我想到，她一定觉得我变样了。然而对我们来说，初见的这种错觉又有什么关系呢？——我这方面，开头还不敢怎么正眼看她，生怕不能完全认出她来了……不对，弄得我们这样不自在的倒不如说是硬要我们扮演的未婚夫妇的这种荒唐角色，以及人人要走开、让我们单独在一起的这种殷勤态度。

“哎，姑妈，你一点儿也不妨碍我们呀，我们并没有什么秘密事儿要说。”阿莉莎终于嚷起来，因为这位老人家要躲避的意图太明显了。

“不对！不对，孩子们！我非常了解你们，好久没见面了，总有一大堆小事儿，彼此要聊一聊……”

“求求你了，姑妈，你走开，就太让我们扫兴了。”阿莉莎说这话，声调带有几分火气，真叫我难以辨认了。

“姨妈，我向您保证，如果您走开，我们就一句话也不讲了。”我笑着帮腔，但是我们俩单独在一起，心里就萌生几分惶恐。于是，我们三个又接着说话，讲些无聊的事儿，每人都装出快活的样子，故意显得那么兴奋，以掩饰内心的慌乱。次日我们还要见面，舅父邀请我去吃午饭，因此这第一个晚上，我们倒也不难分手，而且还很高兴结束这场戏。

我提早好多时间到舅父家，不巧阿莉莎正同一位女友说话，不好意思打发走，而那位又不识趣，没有主动离去。等到终于只剩下我们两个人了，我还装作奇怪，为什么没有留人家吃饭。昨天一夜，我们都没有睡好觉，都显得无精打采，一副倦怠的样子。舅父来了。阿莉莎看出我觉得他老多了。他耳朵也背了，听不清我说什么。要让他听明白，我就只好大声嚷嚷，结果说出来的话也变蠢了。

午饭过后，普朗蒂埃姨妈如约开车来接我们，带我们去奥尔舍，并打算回来时让我和阿莉莎步行一段路，因为那段路风景最美。

虽已深秋，可这天的天气却很热。我们步行的一段海岸阳光直射，没有什么魅力了。树木光秃秃的，一路没有遮阴的地方。我们担心老人家的汽车在前边等久了，便不适当地加快了脚步。我头疼得厉害，根本想不出什么话茬儿，为了装作坦然一点儿，或者想借由免得说话，我就边走边拉着阿莉莎的手，而阿莉莎也任凭我拉着。一方面心情激动，快步走得气喘吁吁，另一方面彼此沉默又颇尴尬，结果我们的血液冲到脸上。我听见太阳穴突突直跳，阿莉莎的脸色也红得难看。不大工夫，我们感到手心出汗了，潮乎乎的，握在一起挺别扭，就干脆放开，各自伤心地垂下去。

我们走得太急，到了路口却早早赶在汽车前面——姨妈走另一条路，为了给我们聊天的时间，她的车开得很慢。于是，我和阿莉莎就坐到路边的斜坡上。我们浑身出了汗，忽然吹来一股冷风，吹得我们一激灵，我们又赶紧站起来，去迎姨妈的车子。……然而，最糟糕的还是可怜的姨妈的过分关心，她确信我们肯定说了很多话，就想问我们订婚的事儿。阿莉莎再也受不了了，泪水盈眶，推说头疼得厉害。结果回去这一路，大家都默默无语。

次日我醒来，就觉得腰酸背痛，有点儿感冒，浑身难受得很，直到下午才决定再去布科兰家。不巧阿莉莎有客人，是普朗蒂埃姨妈的孙女玛德兰。普朗蒂埃去了——我知道阿莉莎时常爱跟她聊天。她到祖母家住几天，一见我进屋便高声说："一会儿你离开这儿，要是直接回'山坡'，咱们就一起走吧。"

我机械地点了点头，这下子又不能跟阿莉莎单独谈谈了。不过，这个可爱的小姑娘在场，无疑帮了我们的忙，我们就不像昨天那样尴尬得要命了。我们三人很快就随便聊起来，谈话的内容也不像我开头担心的那样琐碎。我起身告辞的时候，阿莉莎冲我古怪地微微一笑，就好像到这时她还未明白，第二天我就要走了。再者，不久我们还会见面，因此我这次告别，也就没有出现伤感的场面。

可是，晚饭之后，我又感到隐隐不安，便下山进城，游荡了将近一小时才决定再次去按布科兰家的门铃。这次是舅父出来接待我。阿莉莎身体不适，已经上楼回房间，一定是随即上床歇息了。我同舅父聊了一会儿，便起身离去……

几次见面都这么不凑巧，可是责怪又有什么用呢？就算事事如意，我们也会生出尴尬事儿来。这一点，阿莉莎也感觉到了，这比什么都让我心里难受。我刚回到巴黎，就接到她的来信：

我的朋友，这次见面多叫人伤心！你似乎在怪罪别人，可是这样连你自己都不信服。现在我终于明白了，将来恐怕就永远如此了。噢！求求你，我们再也不要见面了！

我们有多少话要讲，可是见了面，为什么这样别扭，有种做作的感觉，为什么这样目瞪口呆，讲不出话来呢？你回来的第一天就沉默寡言，我还窃窃心喜，以为你会打破沉默，对我讲些美妙的事情，不讲完是不会走的。

然而，去奥尔舍的那趟散步，我看多么凄苦，尤其我们拉在一起的手放开，无望地垂落下去，我就感到心痛欲碎。最令我伤心的倒不是你的手放开我的手，而是感到你不这样做，我的手也会放开的，既然它在你的手中不舒服了。

第二天，也就是昨天的事儿，我等了你一上午，简直要发疯了。我实在烦躁不安，在家待不住了，就给你留了个字条，让你到海堤那儿去找我。我久久凝望波涛汹涌的大海，可是独自观望海景，我心中又苦不堪言。我往家走时，猛然想象你就在我的房间等我呢。我知道自己下午没有空：头一天玛德兰表示要来看我，我原以为上午能见到你，便约她下午来。不过，也许多亏有她在场，我们这次重逢才有这段唯一美好的时光。当时，我产生一种奇异的幻觉，似乎这种轻松的谈话会持续很久，很久……然而，你凑近我和玛德兰坐着的长沙发，俯身对我说“再见”

时，我都未能应答，就觉得一切全结束了——我恍然大悟，你要走了。

你和玛德兰刚一走，我就感到这是不可能的，也是无法容忍的。你想不到，我又出门啦！还想跟你谈谈，把我没有对你说的话全讲出来。我已经抬脚朝普朗蒂埃家跑去……可是天色已晚，没时间了，我就未敢……我心中绝望，回到家给你写信……说我再也不想给你写信了……写一封诀别信……因为归根结底，我深深地感到，我们的全部通信无非一大幻影，我们每人，唉！不过是在给自己写信……杰罗姆！杰罗姆！噢！我们还是永远分开吧！

不错，我撕掉了这封信，可是，现在我给你重写一封，差不多还是原样。我的朋友啊，我对你的爱丝毫未减！非但未减，而且一当你靠近，我就心慌意乱，局促不安，从而比任何时候都更明显地感到，我爱你有多深，可又多么绝望。你应知道，因为我在内心必须承认：你离得远我爱你更深。唉！这种情况我早就料到！这次见面我是多么热切地企盼，却最终让我明白这一点；而你，我的朋友，你也应当深信不疑。别了，我深深爱着的兄弟，愿上帝保佑你并指引你——唯有靠近上帝才不受惩罚。

就好像这封信给我造成的痛苦还不够似的，她在第二天又加写这段附言：

在发信之前，我还得向你提一点要求：关系你我二人的事，你还是谨慎一些。你不止一次伤害了我，将我们之间的事儿告诉了朱莉叶或阿贝尔。正因为如此，我在你觉察之前，早就想到你的爱理性成分居多，是温情和忠诚在理智上的一种执意的表现。

毫无疑问，她是怕我向阿贝尔出示这封信才补充最后这几行文字。她是看出了什么而起了疑心，才这样警觉起来了呢？难道她在我的言谈话语中，早就看出我朋友出过主意的影子吗？……

其实从那以后，我感到同他疏远多了！我们已经分道扬镳。我已经学会独自承受折磨我的忧伤的重负，阿莉莎的这种嘱咐显然是多余的。

一连三天，我一味地抱怨，想给阿莉莎写信，又顾虑多多，怕争论起来太认真，申辩起来太激烈，又怕哪个词用得不当，揭了我们的伤疤而难以医治了。我的爱情在奋力挣扎的这封信，不知反复写了多少遍。今天拿起来再看，每次都要流泪，泪水会浸湿我终于决定寄出去的这封信的副本：

阿莉莎！可怜可怜我，可怜可怜我们俩吧！……你的信叫我心里难过。对于你的种种担心，我真希望一笑置之！对，你写给我的这些，我早就有所感觉，只是不敢承认而已。你把纯粹臆想的东西当成多么可怕的现实，又极力把它加厚隔在我们中间！

如果你感到对我的爱减弱了……噢！这种残忍的设想，跟我的头脑不沾边，也遭到你这封信从头至尾的否定！那么，你这种一时的恐惧又有什么要紧的呢？阿莉莎！我一要讲道理，语句就僵硬冻结了，只能听见自己这颗心在痛苦呻吟了。我爱你爱得太深，就无法显得机灵；我越爱你，就越不会跟你说话。“理性的爱”，让我怎么回答好呢？我对你的爱，是发自我的整个灵魂，怎么能划分得开我的理智和感情呢？既然我们的通信为你诟病，既然通信将我们抬得很高，又将我们抛入现实中而遭受重创，既然你现在认为，你写信只是给自己看的，既然我没有勇气再看到一封类似的信，那么求求你了，我们就暂时停止书信来往吧。

我在信中接着表示不同意她的判决，要求重新审议，恳请她再安排一次会面。而刚结束的这次见面，处处不顺，背景条件、配角人物、季节都不利，就连我们热情洋溢的通信，也没有慎重地为我们做心理准备。而这一次，我们会面之前要完全保持沉默。我还希望春天，将会面安排在芬格斯玛尔田庄，那里有过去的时光为我辩护，舅父也愿意在复活节假日接待我，至于多住些日子还是少住两天，那就看她高兴怎么样了。

我主意已定，信一发出去，就专心投入学习中了。

可是还未到年底，我就又见到阿莉莎了，只因近几个月来，阿斯布尔顿小姐身体渐渐不支，在圣诞节前四天去世了。我服兵役回来，就同她住在一起，基本上没有离开过，是看着她咽气的。阿莉莎寄来一张明信片，表明她挂念我的哀痛，更切记我们保持沉默的誓愿。她赶头一趟火车来，再乘第二趟火车返回，只来参加葬礼，因为舅父来不了。

送葬的几乎只有我们两个人，我们跟随灵柩，并排走着，一路上没有说几句话。然而到了教堂，她坐到我身边，有好几次我觉出，她朝我投来深情的目光。

“就这么定了，”临别时她对我说，“复活节前什么也不谈。”

“好吧，可是到了复活节……”

“我等你。”

我们走到了墓地门口，我提出陪她去车站，而她却一招手叫住一辆车，连句告别的话也没讲就走了。

第七章

可是，我的朋友，圣洁不是一种选择，而是一种天职。
如果你是我当初认为的那种人，那么，你也同样不能逃避这种天职。

“阿莉莎在花园里等你呢。”舅父像父亲一样吻了我，对我说道。我是四月底来到芬格斯玛尔田庄的，没有看到阿莉莎立刻跑来迎我，开头还颇感失望，但是很快又心生感激，是她免去了我们刚见面时的俗礼寒暄。

她在花园的最里面。我朝圆点路走去，只见紧紧围着圆点路有丁香、花楸、金雀花和锦带花等灌木，这个季节正好鲜花盛开。我不想远远望着她，或者说不想让她瞧见我走近，便从花园另一侧过去，沿着一条有树枝遮护的清幽小径，脚步放得很慢。天空似乎同我一样欢快，暖融融、亮晶晶的，一片纯净。她一定以为我要从另一条花径过去，因此我走到近前，来到她身后，她还没有听见。我站住了……就好像时间也能同我一道停住似的。我心中想道：就是这一刻，也许是最美妙的一刻，它在幸福到来之前，甚至胜过幸福本身……

我想走到跟前跪下，走了一步，她却听见了，突然站起来，手中的刺绣活儿也掉落到地上。她朝我伸出双臂，两手搭在我肩上。

我们就这样待了片刻。她一直伸着双臂，满脸笑容探着头，一言不发，含情脉脉地凝视我。她穿了一身白衣裙。在她那张有些过分严肃的脸上，我重又发现她童年时的笑容。……

“听我说，阿莉莎，”我突然高声说道，“我有十二天假期，只要你不高兴，我一天也不多留。现在我们定下一个暗号，表示次日我应该离开芬格斯玛尔。而且到了次日，我说走就走，既不责怪谁，也不发怨言。你同意吗？”

这话事先没有准备，我讲出来更为自然。她考虑了片刻，便说道：“这样吧，晚上我下楼吃饭，脖子上如果没戴你喜爱的那副紫水晶十字架……你会明白吗？”

“那就是我在这里住的最后一晚。”

“你能那样就走吗？不流泪，也不叹息……”

“而且不辞而别。最后一晚，还像头一天晚上那样分手，极其随便，会引你心中犯合计：他究竟明白了没有？可是第二天早晨，你再找我，就发现我悄然离去。”

“第二天，我也不会寻找你。”

我接住她伸过来的手，拉到唇边吻了吻，同时又说道：“从现在起，到那决定命运的夜晚，不要有任何暗示，以免让我产生预感。”

“你也一样，不要暗示即将离开。”

现在，该打破这种庄严的会面可能在我们之间造成的尴尬气氛，我又说道：“我热切希望在你身边的这几天，能像平常日子一样……我是说，我们二人，谁也不觉得有什么特别的。再说……假如我们一开始别太急于要谈……”

她笑起来。我则补充说：“我们就一点儿也没有可以一起干的事了吗？”

我们一直对园艺感兴趣。新近来的花匠不如原来那个有经验，花园撂了两个月，好多处需要修整。有些蔷薇没有剪枝，有的长得很茂盛，但是枯枝壅塞；还有的支架倒塌，枝蔓乱爬；另外一些疯长的，夺走了其他枝叶的营养。这些花大多都是我们从前嫁接的，都还认得自己干的活儿，但是照料起来，费时费工，占去了我们头三天的时间。我们也说了许多话，绝没有涉及严肃的事儿，沉默的时候，也没有冷场的沉重之感。

我们就这样彼此重又习惯了。我不想做任何解释，还是倚重于这种习惯。就连分离的事儿，也在我们之间被淡忘了；同样，我常常感到的她内心的那种畏惧，以及她所担心我的灵魂深处的那种矛盾，也都已锐减。阿莉莎显得青春焕发，比我秋天那次可悲的探访时强多了，在我看来比任何时候都更美丽。我这次来，还没有拥抱过她。每天晚上，我都看见金链吊着紫水晶小十字架，在她胸衣上闪闪发亮。我有了信心，希望也就在我心中复萌了。我说什么，希望？已经是深信不疑了，而且我想象阿莉莎也会有同感。我对自己没有什么怀疑了，因而对她也不再心存疑虑了。我们的谈话逐渐大胆起来。

一天早晨，空气温馨欢悦，我们感到心花怒放，我不禁对她说：“阿莉莎，朱莉叶现在生活幸福美满了，你就不能让我们俩也……”

我说得很慢，眼睛注视她，忽见她的脸唰地失去血色，异乎寻常地惨白，我到嘴边的话都没有说完。

“我的朋友！”她说道，但是目光没有移向我，“在你身边，我感到非常幸福，超出了我想象人所能得到的；不过，要相信我这话：我们生来并不是为了幸福。”

“除了幸福，心灵还有什么更高的追求呢？”我冲动地嚷道。

她却喃喃地说：“圣洁……”这话说得声音极低，我不如说是猜出来的，而不是听到的。

我的全部幸福张开翅膀，离开我冲上云天。

“没有你，我根本达不到。”我说道。我随即将额头埋到她双膝里，像孩子一样哭起来，但流的不是伤心泪，而是爱情泪。我又重复说：“没有你不行，没有你不行！”

这一天像往日一样过去了。然而到了晚上，阿莉莎没有戴那副紫水晶小十字架。我信守诺言，次日拂晓便不辞而别。

我离开的第三天，收到这样一封古怪的信，开头还引了莎士比亚剧中的几句诗：

又弹起这曲调，节奏逐渐消沉，
经我耳畔，如微风吹拂紫罗兰；
声音轻柔，偷走紫罗兰的清芬，
偷走还奉送。够了，不要再弹；

现在听来，不如从前那样香甜。[1]

……

不错！我情不自禁，一上午都在寻找你，我的兄弟！我无法相信你真的走了，心中还怨你信守诺言。我总想：这是场游戏，我随时会看到他从树丛后面出来。——其实不然！你果真走了。谢谢。

这天余下来的时间，我的头脑就一直翻腾着一些想法，希望告诉你——而且，我还产生一种真切的、莫名其妙的担心，这些想法，我若是不告诉你，以后就会觉得对不住你，该受你的谴责。

你到芬格斯玛尔的头几个小时，我就感到在你身边，整个身心都有一种奇异的满足，我先是惊讶，很快又不安了。你对我说过："十分满足，此外别无他求！"唉！正是这一点令我不安……

我的朋友，我怕让你误解，尤其怕你把我心灵纯粹强烈感情的表露，当作一种精妙的推理。（噢！若是推理，该是多么笨拙啊）

"幸福如不能让人满足，那就算不上幸福"，这是你对我说的，还记得吗？当时，我不知道如何回答才好。——不，杰罗姆，幸福不能让我们满足。杰罗姆，它

1 原文为英文，引自莎士比亚的《第十二夜》。（编者注）

也不应该让我们满足。这种乐趣无穷的满足感，我不能看作是真实存在的。我们秋天见面时不是已经明白，这种满足掩盖多大的痛苦吗？……

真实存在的！哎！上帝保佑并非如此！我们生来是为了另一种幸福……

我们以往的通信毁了我们秋天的会面，同样，回想你昨天跟我在一起的情景，也消除了我今天写信的魅力。我从前给你写信时的那种陶醉心情哪里去了？我们通过书信，通过见面，耗尽了我们的爱情所能期望的全部最单纯的快乐。现在，我忍不住要像《第十二夜》的奥西诺那样高喊："够了！不要再弹！现在听来，不如刚才那么香甜。"

别了，我的朋友。"从现在开始爱上帝吧。"[1]唉！你能明白我是多么爱你吗？……一生一世我都将是你的。

阿莉莎

我对付不了美德的陷阱。凡是英雄之举，都会令我眼花缭乱，倾心仿效，因为我没有把美德从爱情中分离出去。阿莉莎的信激发出我的最轻率的热忱。上帝明鉴，我仅仅是为了她，才奋力走上更高的美德之路。任何小径，只要是往上攀登，都能引我同她会合。啊！地面再怎么缩小也不至于只容得下我们二人！唉！我没有怀疑

1 原文为拉丁文。

她的巧饰，也难以想象她能借助峰巅再次逃离我。

我给她回了一封长信，只记得其中这样一段比较清醒的话：

> 我经常感到，爱情是我保存在心中最美好的情感，我的其他所有品质都挂靠在上面。爱情使我超越自己，可是没有你，我就要跌回到极平常极平庸的境地。正因为抱着与你相会的希望，我才总认为多么崎岖的小径也是正道。

不记得我在信中还写了什么，促使她在复信中写了这样一段话：

> 可是，我的朋友，圣洁不是一种选择，而是一种天职（在她的信中，这个词下面画了三条线强调）。如果你是我当初认为的那种人，那么，你也同样不能逃避这种天职。

完了。我明白了，确切地说我有预感，我们的通信到此打住，无论多么狡猾的建议，多么执着的意愿，也无济于事了。

然而，我还是怀着深情给她写长信。我寄出第三封信后，便收到这封短信：

> 我的朋友：
>
> 绝不要以为我决意不再给你写信了，我只是对信没有

兴趣了。不过，你的几封信还是让我开心，但是我越来越自责，不该在你的思想里占这么大位置。

夏天快到了。这段时间我们就不写信了，九月份后的半个月，你就来芬格斯玛尔，在我身边度过吧。你同意吗？如果同意，就不必回信了。我把你的沉默视为默许，但愿你不给我回信。

我没有回信。毫无疑问，这种沉默不过是她给我安排的最后的考验。经过数月学习和数周旅行之后，我回到芬格斯玛尔田庄时，就完全心平气和、深信不疑了。

开头连我自己也弄不清楚的事情，三言两语怎么就能立刻说明白呢？从那时起，我整个儿陷入了悲痛，除了原因，我在这里还能描绘什么呢？因为，我未能透过最虚假的外表，感受到一颗还在搏动的爱恋的心，至今我在自身也找不出可以自我原谅的东西，而起初我只看见这种外表，却认不出自己的女友，便责怪她……不，阿莉莎，即使在当时，我也不责怪你！只是因为认不出你而绝望地哭泣。现在再看你的爱缄默的诡计和残忍的伎俩，我就能衡量出这种爱的力量，那么你越是残酷地伤我的心，我不是越应该爱你吗？

鄙夷？冷漠？都不是，根本不是人力可以制胜的东西，不是我能与之搏斗的东西。有时我甚至犹豫，怀疑我的不幸是不是庸人自扰，须知这种不幸的起因始终极其微妙，而阿莉莎始终极其巧妙地装聋作哑。我又能抱怨什么呢？她接待我时，比以往任何时候都更加笑容满面，更加殷勤和关切。第一天，我差不多被迷惑住了……她换了一种发式，头发平平地梳向后边，衬得面部线条非常直板，表情也变样了。同样，她穿了一件色彩暗淡的粗布料胸衣，极不合体，破坏了她那身段的风韵……然而归根结底，这些又有什么关系呢？她若想弥补，这些都不在话下，而且我还盲目地想，第二天她就会主动地，或者应我的请求改变……我更为担心的是她这种殷勤关切的态度，这在我们之间是极不寻常的，只怕这是出自决心而非激情，如果冒昧地讲，出自礼貌而非爱情。

晚上，我走进客厅，发现原来位置上的钢琴不见了，不禁奇怪，便失望地叫起来。

“钢琴送去修了，我的朋友。”阿莉莎回答，声调十分平静。

“我跟你说过多少次，孩子，”舅父说道，责备的口气相当严厉，“你一直用到现在，弹着不是挺好嘛，等杰罗姆走了再送去修也不迟，何必这么急，剥夺我们一大乐趣……”

“哎，爸爸，”阿莉莎脸红了，扭过头去说，“近来钢琴的音色特别沉浊，就是杰罗姆怕也弹不成调子。”

“你弹的时候，听着也不那么糟嘛。”舅父又说道。

有一会儿工夫，阿莉莎头俯向暗影里，仿佛专心计数椅套的针脚，然后她突然离开房间，过了好久才回来，用托盘给舅父端来每晚要服的药茶。

第二天，她的发型未改，胸衣也未换。她和父亲坐在屋前的长椅上，又拿起昨晚就赶着做的针线活儿，确切地说是缝补活儿。旁边一个大篮子，装满了旧袜子，她全掏出来，摊在长椅上和桌子上。几天之后，又接着缝补毛巾、床单之类的东西……她的精神全用在活儿上，脸上失去任何表情，眼睛也尽失光亮。

第一天晚上，就是这张没了诗意的面孔，我几乎认不出了，注视了好一会儿，也不见她对我的目光有所觉察，我几乎惊恐地叫了一声："阿莉莎！"

"什么事儿？"她抬起头来问道。

"我就想瞧瞧你能不能听见我说话。你的心思好像离我特别远。"

"不，我就在这儿；不过，这类缝缝补补的活儿要求非常专心。"

"你缝补这工夫，要我给你念点儿什么吗？"

"只怕我不能注意听。"

"你为什么挑这样劳神的活儿干呢？"

"总得有人干呀。"

"有很多穷苦女人，干这种活儿是为挣口饭吃。你非干这种费力不讨好的活儿，总不是为了省几个钱吧？"

她立刻明确对我说，干这种活儿最开心，好长一段时间以来，她就不干别的活儿了，恐怕全生疏了……她含笑说这些情况，温柔的声音也从来没有如此让我伤心。"我说的全是自然而然的事儿，你听了为什么愁眉苦脸呢？"她那张脸分明这样说。我的心要全力抗争，但只能使我窒息，连话都到不了嘴边了。

第三天，我们一起去摘玫瑰花，然后，阿莉莎让我把花儿送到她房间去。这一天，我还没有进过她的房门。我心中立刻萌生多大希望啊！因为当时，我还怪自己不该这样伤心呢——她一句话，就能驱散我心头的乌云。

每次走进她的房间，我心情总是很激动，不知道屋里是怎么布置的，形成一种和谐而宁静的氛围，一看就认出是阿莉莎所特有的。窗帘和床帏布下蓝色的暗影，桃花心木的家具亮晶晶的，一切都那么整齐、洁净和安谧，一切都向我表明她的纯洁和沉思之美。

那天早晨我走进屋，发现我从意大利带回的马萨乔两幅画的大照片，从她床头的墙上消失了。我感到诧异，正要问她照片哪儿去了，目光忽又落到旁边摆她喜爱的书的书架上，发现一半由我送的、一半由我们共同看的书慢慢积累起来的小书库，全部搬走了，换上了清一色毫无价值的、想必她会嗤之以鼻的宗教宣传小册子。我又猛然抬起头，看见阿莉莎笑容可掬——不错，她边笑边观察我。

“请原谅，”她随即说道，“是你这副面孔惹我发笑，你一看见我的书架，脸就失态了……”

我可没有那份心思开玩笑。

“不，说真的，阿莉莎，你现在就看这些书吗？”

“是啊，有什么奇怪的？”

“我是想，一个聪明的人看惯了精美的读物，再看这种乏味的东西，难免不倒胃口。”

“你这话我就不明白了，”她说道，“这是些朴实的心灵，同我随便聊天，尽量表达明白，我也喜欢和它们打交道。我事先就知道，我们双方都不会退让——它们绝不会上美妙语言的圈套，而我读它们时，也绝不会欣赏低级趣味。”

“难道你只看这些了吗？”

“差不多吧。近几个月来，是这样。再说，我也没有多少看书的时间了。不瞒你说，就在最近，我想再看看你从前教我欣赏的伟大作家的书，就感觉自己像《圣经》里所讲的那种人，极力拔高自己的身长。”

“你读的是哪位伟大的作家，结果给了你这样古怪的自我评价？”

“不是他给我的，而是我读的时候自然产生的……他就是帕斯卡尔[1]。也许我碰上的那一段不大好……”

我不耐烦地打了个手势。她说话的声音清亮而单调，就像背书似的，眼睛一直盯着花束，插花摆弄起来没个完。她见了这个手势，略停了一下，然后又以同样的声调说下去：“处处是高谈阔论，令人惊讶，费了多大的气力，只为了证明一点点东西。有时我不免想，他那慷慨激昂的声调，是不是来自怀疑，而不是发自信仰。完美的信仰没有那么多眼泪，说话的声音也不会那么颤抖。”

“这种颤抖和眼泪，才显出这声音之美。”我还想争辩，但是

1　帕斯卡尔（1623—1663），法国科学家、哲学家、散文作家，著有《思想录》。

没有勇气了，因为在这些话里，根本见不到我从前在阿莉莎身上所珍爱的东西。这次谈话，我是根据回忆如实地记录下来，事后未做一点儿修饰或编排。

“如果他不从现世生活中先排除欢乐，”她又说道，“那么在天平上，现世生活就会重于……”

“重于什么？”我说道，听了她这种古怪的话不禁愕然。

“重于他听说的难以确定的极乐。”

“这么说你也不相信啦？”我高声说道。

“这无关紧要！”她接着说，“我倒希望极乐是无法确定的，以便完全排除交易的成分。热爱上帝的心灵走上美德之路，并不是图回报，而是出于高尚的本性。”

“这正是隐藏着帕斯卡尔的高尚品质的秘密怀疑论。”

“不是怀疑论，而是冉森派[1]教义，”阿莉莎含笑说道，“我当初要这些有什么用呢？”她扭头看那些书，接着说道：“这些可怜的人，自己也说不清究竟属于冉森派、寂静派[2]，还是别的什么派。他们拜伏在上帝面前，就像风吹倒的小草，十分单纯，心情既不慌乱，也谈不上美。他们自认为很渺小，知道只有在上帝面前销声匿迹，才能体现出一点儿价值。”

“阿莉莎！”我高声说道，“你为什么要作践自己？”

她的声音始终那么平静、自然，相比之下，我倒觉得自己这种感叹显得尤为可笑。

---

1 天主教新教派，在17世纪的法国一度很有影响，后来遭到镇压。

2 信奉神秘主义，教徒可以越过教会，直接与天主对话。

她又微微一笑，摇了摇头。

“最后这次拜访帕斯卡尔，我的全部收获……”

“是什么呢？”我见她住了口，便问道。

“就是基督的这句话：‘要救自己的命者，必然丧命。’至于其余部分，”她笑得更明显，还定睛看着我，接着说道，“其实，我几乎看不懂了。跟小人物相处一段时间之后，也真怪了，很快就受不了大人物的那种崇高了。”

我心情这样慌乱，还能想到什么回答的话吗？……

“今天如果需要我同你一起读所有这些训诫、这些默祷……”

“哎！”她打断我的话，“我若是见到你看这些书，会感到很伤心的！我的确认为，你生来适于干大事业，不应该这样。”

她说得极其随便，丝毫也没有流露出她意识到，这种绝情话能撕裂我的心。我的头像一团火，本想再说几句话，哭一场——说不定我的眼泪会战胜她；然而，我臂肘支在壁炉上，双手捧着额头，待在那里一句话也讲不出来。阿莉莎则继续安安静静地整理鲜花，根本没有瞧见我的痛苦，或者佯装没有瞧见……

这时，午饭的第一次铃声响了。

“无论如何我也赶不上吃午饭，”她说道，“你快去吧。”就好像这纯粹是一场游戏似的，她又补充一句：

“以后我们接着再谈。”

这场谈话没有接续下去。我总是抓不住阿莉莎，倒不是她故意躲避我，然而总碰到事儿，一碰到就十分紧迫，必须马上处理。我得排队等待，等她料理完层出不穷的家务，去谷仓监视完修理工程，再拜访完她日益关心的佃户和穷人，这才轮到我。剩下来归我的时间少得可怜，我见她总那么忙忙碌碌。不过，也许我还是通过这些庸庸琐事，并且放弃追逐她，才最少感到自己有多么失意。而极短的一次谈话，却能给我更多的警示。有时，阿莉莎也给我片刻时间，可实际上是为了就合一种无比笨拙的谈话，就像陪一个孩子玩儿似的。她匆匆走到我跟前，漫不经心，笑吟吟的，给我的感觉十分遥远，仿佛与我素昧平生。我在她那笑容里，有时甚至觉得看出某种挑战，至少是某种讥讽，看出她是以这种方式躲避我的欲望为乐……然而，我随即又转而完全怪怨自己，因为我不想随意责备别人，自己既不清楚期待她什么，也不清楚能责备她什么。

原以为乐趣无穷的假日，就这样一天天过去了。每一天都极大地增加我的痛苦，因而我惊愕地注视着一天天流逝，既不想延长居留的时间，也不想减缓其流逝的速度。然而，就在我动身的两天前，阿莉莎陪我到废弃的泥炭石场。这是秋天一个清朗的夜晚，一点儿雾气也没有，就连天边蓝色的景物都清晰可辨，同时也看见了过去最为飘忽不定的往事——我情不自禁抱怨起来，指出我丧失多大的幸福，才造成今天的不幸。

“可是，我的朋友，对此我又能怎么样呢？”她立刻说道，

“你爱上的是一个幽灵。”

“不，绝不是幽灵，阿莉莎。”

“那也是个臆想出来的人物。”

“唉！不是我杜撰出来的。她曾是我的女友，我要把她召回

来。阿莉莎！阿莉莎！您是我曾经爱的姑娘。您到底把自己怎么啦？您把自己变成了什么样子？”

她默然不答，低着头，慢慢揪下一朵花的花瓣，过了半晌才终于开口：“杰罗姆，为什么不直截了当地承认，你不那么爱我了？”

“因为这不是真的！因为这不是真的！”我气愤地嚷道，“因为我从来没有这样爱过你。”

“你爱我……可你又为我惋惜！”她说道，想挤出个微笑，同时微微耸了耸肩。

“我不能把我的爱情置于过去。”

我脚下的地面塌陷了，因而我要抓住一切……

“它同其他事物一样，也必然要过去。”

“这样一种爱情，只能与我同生死。”

“它会慢慢削弱的。你声称还爱着的那个阿莉莎，只是存在于你的记忆中了。有朝一日，你仅仅会记得爱过她。”

“你说这种话，就好像有什么能在我心中取代她的位置，或者，就好像我的心能停止爱似的。你这么起劲地折磨我，难道就不记得你也曾经爱过我吗？”

我看见她那苍白的嘴唇颤抖了。她声音含混不清，喃喃说道：“不，不，这一点在阿莉莎身上并没有变。”

“那么什么也不会改变。”我说着，便抓住她的胳臂……

她定下神来，又说道：“有一句话，什么都能解释明白，你为什么不敢说出来呢？”

“什么话？”

“我老了。”

“住口……”

我立即争辩，说我本人也老了，同她一样。我们年龄相差多少还是多少……这工夫，她又镇定下来，唯一的时机错过了，我一味争辩，优势尽失，又不知所措了。

两天之后，我离开了芬格斯玛尔，走时心里对她和对我自己都不满意，还对我仍然称为“美德”的东西隐隐充满仇恨，对我始终难以释怀的心事也充满怨愤。最后这次见面，我的爱情这样过度表现，似乎耗尽了我的全部热情。阿莉莎说的话，我乍一听总是起而抗争，可是等我的申辩声止息之后，她的每句话却以胜利的姿态，活跃在我心中。唉！毫无疑问，她说得对！我所钟爱的，不过是一个幽灵了：我曾爱过并依然爱着的阿莉莎，已经不复存在……唉！不用说，我们老啦！诗意消失，面对这种可怕的局面，我的心凉透了。可是归根结底，诗意消失不过是回归自然，无须大惊小怪。如果说我把阿莉莎捧得过高，把她当成偶像供奉，并用我所喜爱的一切美化了她，那么我长时间的苦心经营，最后剩下了什么呢？……阿莉莎刚一自行其是，便回到本来的水平，平庸的水平上，而我本人也一样，但是在这种水平上，就没有爱她的欲望了。哼！纯粹是我的力量将她置于崇高的地位，而我又得竭尽全力追求美德去会她。现在看来，我这种努力该有多么荒谬而空幻啊！如果不那么好高骛远，我们的爱情就容易实现了……然而，从此以后，坚持一种没有对象的爱，又有什么意义呢？这就是固执，而不是什么忠心了。忠于什么呢？——忠于错误。干脆承认自己错了，不是最为明智吗？……

这期间，我接受推荐，要立即进入雅典学院[1]，倒不是怀着多大抱负和兴趣，而是一想到走就高兴，好像一走就全摆脱了。

1　法国在希腊雅典设立的学院，派高等师范学生去深造。

第八章

我们出于相爱，就彼此抱着高于爱情的期望，从那一天起就来不及了。

难道我一定得等到死吗？我的信念正是在此处动摇了。

不过，我又见到了阿莉莎……是三年之后的事儿了，夏季快要过去的时候。在那之前约十个月，阿莉莎来信告诉我舅父病故。当时我正游览巴勒斯坦，便写了一封颇长的回信，但是没有得到回音……

后来，忘了是借什么事情，我到了勒阿弗尔，信步就自然走到芬格斯玛尔田庄。我知道进去能见到阿莉莎，但又怕她有别人。我事先没有通知一声，又不愿意像普通客人那样登门拜访，于是心中迟疑，举足不前：我进去呢，还是连面也不见一见就走呢？……对，当然不见更好。我只是在林荫路上走一走，在长椅上坐一坐就行了——也许她还时常去闲坐……我甚至开始考虑留下个什么标记，能向她表明我到过这里又走了……我就这样边想边缓步走着，既已决定不见面，内心悲怆的凄苦就化为淡淡的忧伤了。我已经走上林荫路，怕被人撞见，便走在旁边的人行道上，正好沿着田庄大院围墙的斜坡。我知道斜坡有一处能俯瞰花园，攀登上去，就看见一名我认不出来的花匠在耙平一条花径，转眼他就从我的视野消失了。大院的新栅栏门关着。看家狗听见我经过，便吠了起来。再走出不远，林荫路到头了，我就拐向右边，又来到花园的围墙下，接着想去同我刚离开的林荫路平行的山毛榉树林。在经过菜园的小门时，忽然产生一个念头：从小门进花园去。

小门插着，但是门闩不堪一撞，我正要用肩头撞开……这时忽听有脚步声，我便躲到墙角。

我看不着是谁从花园里走出来，但听声音我能感到是阿莉莎。她朝前走了三步，低声唤道："是你吗，杰罗姆？"

我这颗怦怦狂跳的心，戛然停止跳动，喉头一发紧，连话也讲不出来。于是，她又提高嗓门，重复问道："杰罗姆，是你吗？"

听她这样呼唤我，我的心情激动极了，不禁双膝跪下。由于我一直没有应声，阿莉莎又朝前走了几步，转过墙角，我就突然感到她近在咫尺——近在咫尺，而我却用手臂遮住脸，就仿佛害怕马上见到她似的。她俯身看了我半晌，而我则吻遍了她两只柔弱的手。

"你为什么躲起来呢？"她问道，语气十分自然，就好像不是分别三年，而只有几天没见面。

"你怎么知道是我？"

"我在等你。"

"你在等我？"我万分惊讶，只能用疑问的口气重复她的话……

她见我还跪在地上，便说道："走，到长椅那儿去。不错，我就知道还能见你一面。这三天，每天傍晚我都来这儿，就像今天傍晚这样呼唤你……你为什么不应声呢？"

“如果不是被你撞见，我连面也没见你就走了。”我说道，并且极力控制刚见面时忍不住的激动心情，“我路过勒阿弗尔，只是想在这林荫路上走一走，在花园周围转一转，到泥炭石场的长椅上坐一会儿，想必你还常来坐坐，然后就……”

“瞧瞧这三天傍晚，我来这儿读什么了。”她打断我的话，递给我一包信。我认出这正是我从意大利给她写的信。这时我抬起眼睛，见她样子变得厉害，又瘦又苍白，不觉心如刀绞。她紧紧偎着我，压在我的手臂上，就好像感到害怕或者发冷似的。她还身穿重孝，头饰仅仅扎着黑色花边发带，从两侧衬得她的脸愈显苍白。她面带微笑，可是整个人儿好像要瘫倒。我不安地问她，现在是否单独一人住在芬格斯玛尔。不是，罗贝尔和她在一起。八月份，朱莉叶、爱德华和三个孩子也来住过一段时间……我走到长椅跟前坐下，这种询问生活状况的谈话，又继续了一阵。她问我工作情况，我很不愿意回答，要让她感到我对工作没有兴趣了。我就是要让她失望，正如她让我失望一样。然而，她却不动声色，我也不知道是否达到了目的。至于我，既满腔积怨，又满怀深情，极力用最冷淡的口气跟她说话，可是又恨自己不争气，说话的声音有时因为心情激动而颤抖。

夕阳被云彩遮住一阵，要落下地平线时又露出头来，几乎正对着我们，一时颤动的霞光铺满空旷的田野，突然涌进我们脚下的小山谷。继而，太阳消失了。我满目灿烂的霞光，什么话也没有讲，只觉得沐浴在金色的辉光中，心醉神迷，怨恨的情绪随之烟消云散，内心只有爱这一种声音了。阿莉莎一直俯身偎着我，这时直起身来，从胸口掏出一个薄纸小包，要递给我，但欲给又止，似乎迟疑不决。她见我惊讶地看着她，便说道：“听我说，杰罗姆，这是我的紫水晶十字架，这三天傍晚一直带在身上，因为，我早就想给你了。”

“给我有什么用？”我口气相当生硬地说道。

“给你女儿，算是你留着我的一个纪念品。”

“什么女儿？”我不解地看着阿莉莎，高声说道。

“求求你，平心静气地听我说。别，不要这样注视我，不要注视我，本来我就很难开口。不过，这话，我非得跟你讲不可。听我说，杰罗姆，总有那么一天，你要结婚吧？……别，不要回答我，不要打断我的话，我恳求你了。我仅仅想让你记住我曾经非常爱你，而且……我早就有这个念头了……存在心里三年了……你喜爱的这个小十字架，将来有一天，你的女儿戴上，算是对我的纪念，嗯！但她不知道是谁的……你给她起名的时候……或许也可以用我这名字……”

她声音哽咽，说不下去了。我几乎充满敌意地嚷道：

“你干吗不亲手给她呢？”

她还要说什么。她的嘴唇像抽泣的孩子那样翕动，但是没有流下眼泪。她那眼神异常明亮，显得那张脸流光溢彩，具有一种超凡的天使般的美。

“阿莉莎！我能娶谁呢？你明明知道我爱的只能是你……”猛然，我拼命地一把搂住她，近乎粗鲁地把她搂在我怀里，用力亲吻她的嘴唇。一时间，她似乎顺从了，半倒在我怀里，只见她的眼神模糊了，继而合上眼帘，同时又以一种在我听来无比准确、无比和谐的声音说道：

“可怜可怜我们吧，我的朋友！噢！不要毁了我们的爱情。”

也许她还说过：做事不要怯懦！也许这是我自言自语，我也弄不清了。不过，我倒是突然跪倒在她面前，情真意笃地抱住她，说道：“你既然这样爱我，为什么要一直拒绝我呢？你瞧！我先是等朱莉叶结了婚，我明白你也是等她生活幸福了；现在她幸福了，这是你亲口对我讲的。好长一段时间我以为，你要继续生活在父亲身边，可是现在，只剩下我们两个人了。”

“嗯！过去就过去了，我们不要懊悔，”她喃喃说道，“现在，这一页我已经翻过去了。”

“现在还来得及，阿莉莎。”

“不对。我的朋友，来不及了。还记得那一天吧，我们出于相爱，就彼此抱着高于爱情的期望，从那一天起就来不及了。多亏了你呀，我的朋友，我的梦想升到极高极高，再谈任何世间的欢乐，都会使它跌落下来。我时常想，我们在一起生活是什么情景：一旦我们的爱情……不再完美无缺了，我就不可能再容忍……”

“你是否想过，我们没有对方的生活是什么情景？”

“没有！从来没有。”

“现在，你看到啦！这三年来，没有你，我艰难地流浪……”

夜幕降临。

“我冷。”她说着便站起来，用披肩紧紧裹住身子，让我无法再挽起她的手臂了，“你还记得《圣经》的这一节吧，当时我们为之不安，担心没有很好理解：‘他们没有得到许诺给他们的东西，因为上帝给我们保留了更美好的……’”

“你始终相信这些话吗？”

“不能不信。”

我们并排走着，谁也没有再说话。过了一会儿，她才接着说道：“你想象一下吧，杰罗姆，最美好的！”她的眼泪突然夺眶而出，而她仍然重复道，“最美好的！”

我们又走到我刚才见她出来的菜园小门。她转身面对我。

“别了！”她说道，“不，你也不要再往前走了。别了，我心爱的人。最美好的……现在就要开始了。”

她注视了我一会儿，眼里充满难以描摹的爱，双臂伸着，两手搭在我肩上，既拉住我又推开我……

小门一重新关上，我一听见她插上门闩的声音，便挨着门扑倒在地，简直悲恸欲绝，在黑夜中哭泣了许久。

何不拉住她，何不撞开门，何不闯进不会拒绝接纳我的房子里呢，不行，即使今天再回顾这段往事的全过程……我也觉得不能那么干，现在不能理解我的人，就表明他始终不理解我。

我感到极度不安，实在忍耐不住，几天之后便给朱莉叶写信，告诉她我去过芬格斯玛尔，见到阿莉莎又苍白又消瘦，我又多么深感不安。我恳求她保重身体并给我消息，可是等阿莉莎写信是等不来了。

信寄出不到一个月，我收到这样一封回信：

亲爱的杰罗姆：

我要告诉你一个非常沉痛的消息：我们可怜的阿莉莎离开人世了……唉！你在信中表示的忧虑完全是有道理的。近几个月来，她身体日渐衰弱，却没有什么明显的病症；不过，她经我一再恳求，同意去看勒阿弗尔的A大夫。大夫给我写信说，她没有患什么大病。可是，你去看望她之后的第三天，她突然离开了芬格斯玛尔。这还是罗贝尔写信告诉我的，要不是罗贝尔，我还根本不知道她离家出走——她很少给我写信，因而没有她的音讯，我也不会很快惊慌起来。我狠狠责备罗贝尔，不该放她走，应当陪她去巴黎。说起来你会相信吗，从那时候起，我们就不知道她的下落了。你知道这真叫我担心死了，既见不到她，又无法给她写信。过了几天，罗贝尔去了巴黎，但是没有发现一点线索。他那人懒洋洋的，我们怀疑他是否尽力了。必须报警，我们不能总处于这种情况不明的折磨人的状态。于是，爱德华去了，经过认真寻找，终于发现阿莉莎藏身的那家小疗养院。可惜太迟啦！我收到疗养院院长的一封信，通知我她去世的消息，同时也收到爱德华的电报，说他甚至未能见她最后一面。她临终那天，把我们的地址写在一个信封上，好让人通知我们，在另外一个信封里，她装了给勒阿弗尔公证人的信件副本，遗嘱全写在上面。信中有一段我想与你有关，不久我会告诉你。爱德华和罗贝尔参加了前天举行的葬礼。护送灵柩的除了他们俩，还有几位病友——她们一定要参加葬礼，并且一直伴随她的遗体到墓地。可惜我没法儿去，第五个孩子随时要分娩了。

我亲爱的杰罗姆，我知道她的死讯要给你造成极大悲痛，我给你写信时也心如刀割。已有两天，我不得不卧床，写信很吃力，但是不愿意让任何人代笔，连爱德华和罗贝尔也不行，只能由我向你谈唯独我们二人了解的人。现在，我差不多成了老主妇了，厚厚的灰烬已经覆盖了火热的过去，现在可以了，希望再见到你。如果你要到尼姆来办事或游览，那就请到埃格-维弗来。爱德华会很高兴认识你，我们二人也能谈谈阿莉莎。再见，亲爱的杰罗姆。我非常伤心地拥抱你。

几天之后我便得知，阿莉莎将芬格斯玛尔田庄留给她兄弟，但是要求她房间的所有物品和她指定的几件家具，全部寄给朱莉叶。不久我就会收到封好寄给我的一包材料。我还得知她要求给她戴上紫水晶十字架，正是最后相见那次我拒收的那枚——爱德华告诉我，她如愿以偿了。

公证人转寄给我的一包密件，装有阿莉莎的日记。我这里抄录许多篇。——只是抄录，不加评语。不难想象，我读这些日记时心中的感触和震动，要表述必然挂一漏万。

阿莉莎的日记

埃格–维弗

前天从勒阿弗尔动身，昨天到达尼姆。这是我头一回旅行！既不用操心家务，也不必动手做饭，不免有点儿无所事事。而今天，188×年5月24日，正逢我二十五岁生日，我开始写日记——虽无多大乐趣，也算有点儿营生，因为，有生以来，也许我这是第一次感到孤独。来到这异乡，这近乎陌生的土地，我还不熟识。它要向我讲述的，一定类似诺曼底向我讲述的，我在芬格斯玛尔百听不厌的事情——因为无论在哪里，上帝都不会变样——然而，这片南方的土地讲一种我未学过的语言，我听着不免感到惊奇。

5月24日

朱莉叶在我身边的躺椅上打盹儿。我们所在的露天走廊，给这座意大利式住宅增添了魅力，它与连接花园的铺沙庭院齐平……朱莉叶待在躺椅上，就能望见起伏延伸至水塘的草坪，望见水面上嬉戏的一群五颜六色的野鸭，以及游弋的两只天鹅。据说水源是一条小溪，夏季从不枯竭。不过，小溪穿过园子，穿过越来越荒野的树丛，在干涸的灌木丛和葡萄园之间越来越窄，很快就完全窒息了。

……昨天我陪朱莉叶的时候，爱德华·泰西埃带父亲参观了花园、农场、贮藏室和葡萄园——因此今天一清早，我就初次散步，独自探索这个园子了。这里的许多花草树木我不认识，很想知道名字，每种植物就折一根小枝，好在吃午饭的时候能问别人。我认出了一种，就是杰罗姆在博尔盖萨别墅或多里亚–庞菲利那儿赞赏的青橡树……是我们诺尔省这种树的远亲，外观差异极大。这些树枝繁叶茂，差不多将园子尽头的一块狭小的空地遮得严严实实，给这块踩着软绵绵的草坪蒙上神秘的色彩，足以引来仙女歌唱。我对大自然的情感，在芬格斯玛尔打上深深的基督教烙印，到了这里，却不由自主地染上神话色彩，我不免惊讶，甚至有点惊慌。然而，越来越压抑我的这种恐惧，还是宗教式的。我还叨念着：hicnemus[1]。空气特别清新，周围静得出奇。我想到俄耳甫斯[2]，想到阿尔米达[3]，忽听一声鸟啼，独声啼叫，就在身边，极其婉转清脆，就好像整个大自然都等待这声啼叫。我的心剧烈地跳动，靠在一棵树上待了片刻，这才回房，而全家上下还没有一人起床。

5月26日

一直没有杰罗姆的消息。他的信即使寄往勒阿弗尔，

1 原文为拉丁文，意为“这就是树林”。

2 希腊神话中的诗人、歌手，善弹竖琴。

3 法国17世纪作家吉诺的五幕悲剧《阿尔米达》中的主人公。又，16世纪意大利诗人塔索的长诗《被解放的耶路撒冷》中的人物。

也会给我转来的……我的不安心情，只能对这本日记诉说。三天来，无论昨天的博地之行，还是祈祷，都未能片刻使我释念。今天，我也写不了别的什么：我到达埃格-维弗之后所产生的无名忧伤，也许没有别的缘故。——这种忧伤，在我内心的极深处，现在我觉得早就有了，只是被我引以为自豪的快乐掩盖了。

5月27日

为什么要欺骗自己呢？我是通过推理，才对朱莉叶的幸福感到高兴的。她这幸福，当初我多么诚心祝愿，甚至愿意为之牺牲我的幸福，可今天我却痛苦地看到，这幸福来得如此容易，同我们二人当初想象的大相径庭！这事儿多复杂啊！如果……我能分辨清，看到朱莉叶是在别处，而不是在我的牺牲中找到幸福，她无须我做出牺牲就幸福了。我感到受了伤害，只是因为一种强烈的自私心理复萌。

现在，我得不到杰罗姆的消息就惴惴不安，这就应当扪心自问：我真的心甘情愿做出牺牲吗？上帝不再要求我这样做，我就觉得蒙受了屈辱。难道一开始我就不行吗？

5月28日

这样剖析我的伤感，该有多么危险！我的心思已经倾注在这本日记上。卖弄风情的心理，我原以为克服了，难道在这里又抬头了吗？不行，但愿这本日记不要充当我的心灵顾影自怜的镜子！我写日记是由于忧伤，而不是像我开始所想的那样出于无聊。忧伤是一种“犯罪的心态”，我早就没有这种感受了，现在依然憎恨，我要“简化”我的灵魂，清除这种状态。这本日记应当助我的心灵重获快乐。

忧伤是一种复杂的情感。当初我从不分析自己的快乐。

在芬格斯玛尔，我也是一个人，比在这里还要孤单……可是，我为什么不感到孤独呢？杰罗姆从意大利给我写信来的时候，我就承认他没有我也能生活，没有我也生活过来了，而我的思想追随他，只要分享他的快乐就行了。然而现在，我又情不自禁地呼唤他，觉得没有他，所有新奇的景物看着都烦人……

6月10日

这本日记刚刚开了头，就中断这么久，只因小莉丝出生了，天天晚上长时间守护朱莉叶。我所能写信告诉杰罗姆的情况，毫无兴趣记在日记里。我要避免许多女人的无法容忍的通病：日记写得太琐碎。这本日记，我要当作自我完善的一种手段。

接下来的好多页是她的读书笔记和摘抄的片段，等等。然后，又是她在芬格斯玛尔写的日记：

7月16日

朱莉叶生活幸福，她这样说，看样子也如此——我没有权利，也没有理由怀疑……然而，我在她身边的时候，这种美中不足、颇不舒服的感觉，又是从何而来呢？——也许感到这种幸福太实际了，得来太容易，完全是“特制”的，恐怕要束缚并窒息灵魂……

现在我不禁扪心自问，我所期望的究竟是幸福，还是走向幸福的过程。主啊！谨防我得到极快就能实现的幸福！教会我拖延，推迟我的幸福，直到来到您的身边。

接下来许多页全撕掉了，一定是讲述我们在勒阿弗尔那次痛苦相见的日记。直到第二年，才重又记日记，但是没有注明日期，肯定写于我在芬格斯玛尔逗留期间。

我有时听他说话，就仿佛看着自己在思想。他解释我的情况。向我本人揭示我自己。没有他，我还算存在吗？只有和他在一起我才算存在……

我有时也犹豫，我对他的感情，真就是人们所说的爱情吗？人们一般所描绘的爱情和我所能描绘的相差太远。我希望什么也不说，爱他却又不知道自己在爱他，尤其希望爱他而他却不知道。

在没有他的生活中，我无论经历什么事，也不会有丝毫快乐了。我的全部美德仅仅是为了取悦于他，然而我一到他身边，就感到自己的美德靠不住了。

我喜欢弹钢琴练习曲，这样觉得每天都会有点进步。也许这也是我爱读外文书的秘密所在——这倒不是说任何外语我都偏爱，也不是说我所欣赏的本国作家不如外国作家，而是说书中的含义和情绪要费些琢磨，一旦琢磨透了，并且琢磨得越来越透，无意中就可能萌生一种自豪感，在精神的愉悦上，又增添了无以名状的心灵的满足，而我似乎少不得这种心灵的满足了。

不是处于进展的状态，无论多么幸福也不可取。我所想象的天堂之乐，并不像混同于上帝那样，而是像持续不断而又永无止境地靠拢……如果不怕玩弄字眼儿的话，我要说不是"进展性"的快乐，我一概不屑一顾。

今天早晨，我们二人坐在林荫路的长椅上，我们什么话也不讲，也没有讲什么话的需要……突然，他问我是否相信来世。

"当然相信，杰罗姆，"我立刻高声说道，"在我看来，这不只是一种希望，而是一种确信……"

我猛然感到，我的全部信念，都体现在这声叫喊里了。

"我很想知道，"他又说道……他停了片刻，才接着说，"如果没有信仰，你的生活态度会不同吗？"

"我怎么知道呢？"我回答，继而又补充道，"就说你本人吧，我的朋友，你在最热忱的信念的驱使下，就再也不可能改变生活态度了。你变了，我也不会爱你了。”

不，杰罗姆，我们的美德，不是极力追求来世的报偿，我们的爱情也不是寻求回报。受苦图报的念头，对于天生高尚的心灵是一种伤害。美德并不是高尚心灵的一件装饰品——不是的，而是心灵美的一种表现形式。

爸爸身体又不怎么好了，但愿没有什么大病，可是一连三天，他只能喝牛奶。

昨天晚上，杰罗姆上楼回房之后，爸爸和我又多坐了一会儿，不过中间出去了半晌。我独自一人，就坐到长沙发上，确切地说躺了下来，不知为什么，我几乎从未有过这种情况。灯罩拢住灯光，我的眼睛和上半身处在暗影里，而脚尖从衣裙下稍微露出来，正好映上一点灯光，我则机械地注视自己的脚尖。这时，爸爸回来了，他在门口停了片刻，神情古怪，既微笑又忧伤地打量我，看得我隐隐有点儿不好意思，就急忙坐起来，于是，他向我招了招手。

“过来，到我身边坐坐。”他对我说道。尽管时间已经很晚了，他还是向我谈起我母亲，这是从他们分离之后从未有过的情况。他向我讲述他如何娶了她，如何爱她，而最初那段生活，我母亲对他意味着什么。

“爸爸，”我终于问道，“请你告诉我，你干吗今天晚上对我讲这些，是什么引起来的，干吗偏偏在今天晚上对我讲这些呢？”

“就因为我回客厅见你躺在长沙发上，一刹那间真以为又见到你母亲。”

我着重记下这一情景，也是因为这天晚上……杰罗姆扶着我的座椅靠背，俯身从我的肩头上看我手捧的书。我看不见他，但是能感觉到他的气息，如同他身体传出的热气和颤动。我佯装继续看书，可是书中说的什么意思看不懂了，连行数也分辨不清，心中莫名其妙乱成一团麻。我趁着还能控制住的时候，急忙站起身，离开客厅一阵，幸而他什么也没有看出来……后来，客厅只剩下我一人了，就躺在沙发上，爸爸觉得我像母亲，而当时我恰巧想到她。

昨天夜里，我睡得很不安稳，沉重的往事像痛悔的浪潮，涌上我的心头。主啊，教会我憎恶一切貌似邪恶的事物吧。

可怜的杰罗姆！他哪儿知道，有时他只须有个举动，而我有时就等待这个举动……

我还是小姑娘的时候，就已经考虑到他而希望自己漂亮点儿。现在想来，我从来只是为了他才“追求完美”，而这种完美，又只能在没有他的情况下才会达到。上帝呀！您的教诲，正是这一条最令我的心灵困惑。

能融合美德和爱情的心灵，该有多么幸福啊！有时我就产生这样的疑问：除了爱，尽情的爱，永无止境的爱，是否还有别的美德……然而有些日子，唉！在我看来，美德与爱情完全相抵触了。什么！我内心最自然的倾向，竟敢称之为美德！哼，诱人的诡辩！花言巧语的诱惑！幸福的骗人幻景！

今天早晨，我在拉布吕耶尔[1]的作品中看到这样一段话："在人生的路上，有时就遇到遭禁的极为宝贵的乐趣，极为深情的誓盟，我们渴望至少能够允许，这也是人之常情。如此大的魅力，只有另一种魅力能超越，即凭借美德舍弃这一切的魅力。"

为什么我要臆想出禁绝呢？难道还有比爱情更强大、更甜美的魅力在暗暗吸引我吗？啊！若能爱得极深，两个人同时超越爱情，那该有多好！……

唉！现在我再明白不过了，在他和上帝之间，唯独有我这个障碍。如果像他对我讲的那样，他对我的爱当初也许使他倾向于上帝，那么事到如今，这种爱就成为他的阻碍了。他总恋着我，心中只有我，而我成为他崇拜的偶像，也就阻碍他在美德的路上大步前进。我们二人必须有一个先行达到那种境界，可是我的心太懦弱，无望克服爱情，上帝啊，那就允许我，赋予我力量，好去教他不

1 拉布吕耶尔（1645—1696），法国散文作家，著有《品性录》。

再爱我吧。我牺牲自己的功德，将他无限美好的功德献给您……如果说失去了他，今天我的心灵要哭泣，但这不正是为了以后能在您身上同他相聚吗……

我的上帝啊！还有更配得上您的心灵吗？他生在世上，难道就没有比爱我更高的追求了吗？他若是停滞在我这水平上，我还会同样爱他吗？一切可能成为崇高的东西，如果沉湎在幸福中，会变得多么狭隘啊！……

星期日

“上帝给我们保留了更美好的。”

5月3日星期三

幸福就在眼前，近在咫尺，他若是想得到……只要一伸手，就能抓住……

今天早晨同他谈了话，我做出了牺牲。

星期一晚间

他明天走……

亲爱的杰罗姆，我无限深情，始终爱你，但是这种爱，我却永远不能对你讲了。我强加给自己的眼睛、嘴唇和心灵的束缚严厉极了，因而同你分离，对我来说倒是一种解脱、一种苦涩的满足。

我尽量照理性行事，然而一行动起来，促使我行动的道理却离我而去，或者变得在我看来荒谬了，于是我不再相信了……

促使我逃避他的理由吗？我不再相信了……不过，我还照样逃避他，但是怀着忧伤的情绪，而且不明白自己为什么还要逃避。

主啊！杰罗姆和我，我们走向您，相互鼓励，携手向前，走在生活的大道上，如同两个朝圣的香客，有时一个对另一个说：“你若是累了，兄弟，就靠在我身上吧。”而另一个则回答：“只要感到你在我身边就足够了……”可是不行啊！您给我们指出的道路，主啊，是一条窄路，极窄，容不下两个人并肩而行。

7月4日

六周多没有翻开这本日记了。上个月，我重读了几页，发现了一种荒唐的、有罪的念头：要写得漂亮些……好给他看……我写日记，本来是要摆脱他，现在就好像继续给他写信。

我觉得“写得漂亮”（我知道其中的含义）的那些页，我统统撕毁了。凡是谈到他的部分，也该全部撕掉，甚至应当撕掉整个日记……可我未能做到。

我撕毁那几页，就有点儿扬扬自得了……如果没有这么重的心病，我就会觉得好笑了。

我确实感到自己干得漂亮，撕掉的是至关重要的东西！

7月6日

我不得不清洗我的书架……

我拿走一本又一本，从而逃避他，可又总是遇见他。就连我独自发现的篇章，也恍若听见他给我朗诵的声音。我的兴趣，仅仅在于他所感兴趣的东西，而我的思想也采用了他的思想形式，两者难以区分开，就像从前我乐得将两者混淆那样。

有时，我故意写得糟糕一些，以便摆脱他那语句的节奏，然而，这样同他斗争，表明还忘不掉他。我干脆决定在一段时间内，只看《圣经》（也许还看看《仿效基督》[1]），此外，在日记里，也只记下我每天所读的显眼的章节。

从七月一日起，就像“每日面包”那样，我每天抄录一段经文。我这里只抄录附有评点的几段。

7月20日

“将你的所有全部卖掉，分给穷人。”[2]照我的理解，我这颗只想交给杰罗姆的心，也应当分给穷人。这同时不是也教他这样做吗？……主啊，给我勇气吧。

1　15世纪拉丁文宗教读物。

2　引自《圣经》。（编者注）

7月24日

我停止阅读《永恒的安慰》了。只因我对这种古语兴趣很大，读着往往驰心旁骛，尝到近乎异教徒的喜悦，违背了我要从中获取教益的初衷。

又捧起《仿效基督》，但不是我看着太费解的拉丁文本。我喜欢我所读的译本甚至没有署名——当然是新教的，不过小标题却明示：“适于所有基督教团体”。

“啊！如果你知道行进在美德的路上，你自己得到多大安宁，给别人多大快乐，那么你就会更加用心去做了。”

8月10日

上帝啊，我向您呼唤的时候，怀着儿童信念般的激情，用的是天使般的超凡声音……

这一切，我知道，是来自您，而不是来自杰罗姆。可是为什么，您要处处将他的形象，置于您和我之间呢?

8月14日

用了两个多月，才算完成这项事业……主啊！帮帮我吧！

8月20日

我清楚地感到，我从忧伤的情绪清楚地感到，我要做出的牺牲，在心中并未完成。上帝啊，让我认识到，唯独他给我带来的这种喜悦，完全是您赐予的。

8月28日

我所达到的德行的境界多么平庸，多么可怜啊！难道我太苛求自己吗？——不要再为此痛苦了。

基于多么怯懦的心理，才总是乞求上帝赐予力量！现在，我的全部祈求是一种哀怨之声。

8月29日

“瞧一瞧旷野里的百合花……”

这样简单的一句话，今天早晨却使我陷入无法排遣的忧伤中。我来到田野，心田和眼眶都充满泪水，情不自禁地一再重复这句话。我眺望空旷的平野，只见农民弯腰扶犁艰难地耕地……“旷野里的百合花……”上帝啊，你究竟在哪儿呢？

9月16日晚10时

我又见到他了。他就在这小楼里。我望见从他窗口射到草坪的灯光。我写这几行文字时，他还没有睡下，也许还在想我。他没有变——他这样讲，给我的感觉也是这样。我能按照自己的决定表现，以便促使他打消对我的爱吗？……

9月24日

噢！多么残忍的谈话，我装作无动于衷、冷若冰霜，而我的心却如醉如痴……在此之前，我只是逃避他。今天早晨，我感到上帝给了我足以制胜的力量，况且一味逃避斗争也是怯懦的表现。我胜利了吗？杰罗姆对我的爱减少了几分吗？……唉！这是我既希望又害怕的事情……我爱他从未达到如此深挚的程度。

主啊，要把他从我身边拯救走，如果必须毁掉我，那就下手吧！……

“请您进入我的心中和灵魂里，以便带去我的痛苦，继续在我身上忍受您蒙难所余下的苦难。”

我们谈到了帕斯卡尔……我能对他说什么呢？多么可耻而荒谬的话啊！我边说边感到痛苦，今天晚上悔恨不已，就好像亵渎了神灵。我又拿起沉甸甸的《思想录》，书自动翻开，正是致德·罗阿奈兹小姐的信那部分：

“我们自愿跟随拖着我们的人，就不会感到束缚，如果开始反抗并背离，就会非常痛苦了。”

这些话直截了当地触动我，我没有勇气看下去了，便翻到另一处，发现一段妙文，我从未看过，便抄录下来。

第一本日记到此结束。第二本肯定销毁了，因为阿莉莎留下来的文字，是三年后在芬格斯玛尔写的，那是九月份，即我们最后一次见面的前不久。

最后这本日记开头这样写道。

9月17日

上帝啊，您知道我要有他才能爱您。

9月20日

上帝啊，把他给我，我就把心交给您。

上帝啊，让我再见他一面吧。

上帝啊，我保证把心给您，您就将我的爱情所求的赐给我，我就把余生完全献给您。

上帝啊，饶恕我这种可鄙的祈求吧，可是，我就是不能从我的嘴唇上抹掉他的名字，也不能忘却我这颗心的痛苦。

上帝啊，我向您呼叫，不要把我丢在痛苦中不管。

9月21日

“你们将以我的名义，向天父请求一切……”主啊！我不敢以您的名义……我即使不再祈求了，难道您就不大了解我的心的妄念吗？

9月27日

从今天早晨起，十分平静。昨晚思索，祈祷几乎整整一夜。我忽然觉得，一种明亮清澈的宁静涌到我周围，潜入我的心田，犹如儿时我所想象的圣灵。我当即躺下，唯恐这种喜悦仅仅是一时的兴奋。不久我就睡着了，并将这种欢愉带入梦乡。今天早晨起来，这种心情依然。现在我确信他要来了。

9月30日

杰罗姆！我的朋友，我还称你兄弟，但是我爱你远远超过手足之情……有多少次啊，我在山毛榉树林里呼唤你的名字！……每天日暮黄昏，我就从菜园的小门出去，走上已经暗下来的林荫路……你可能会突然应声回答，出现在我的目光一览无余的石坡后面，或者，我会远远望见你，望见你坐在长椅上等我，我的心不会狂跳……反之，没有见到你，我倒有点奇怪。

10月1日

还是不见一点儿人影。太阳沉入无比纯净的天幕。我还在等待，相信时过不久，我就要和他并排坐在那张长椅上……我已经在倾听他说话。我真喜欢听见他叫我的名字……他会来的！我的手要放在他的手中，额头要偎在他的肩上。我要坐在他身边呼吸。昨天，我就随身带了他的几封信，打算再看一遍，可是我满脑子想他，就没有看信。我还带着他喜爱的那枚紫水晶十字架，记得有一年夏季，在我不愿意他走的日子里，每天晚上我都戴上小十字架。

我打算把这枚十字架还给他。这一梦想由来已久：他结了婚，他的头一个女儿取名叫小阿莉莎，我当教母，将这个首饰送给她……为什么我一直未敢对他讲呢？

10月2日

今天我的心情轻松欢快，宛若一只在天上筑了巢的小鸟儿。今天他肯定会来，我有这种感觉，知道事必如此。我真想把这事儿高声向所有人宣扬，也需要记下来。我再也不想掩饰自己的喜悦了。就连一向心不在焉、对我漠不关心的罗贝尔，也注意到了我的情绪变化，他问得我心慌意乱，不知如何回答。今天晚上，我怎么等待呢？……

不知怎的，我仿佛戴了一副凸透镜，它将爱情的光芒全聚在我这颗心的唯一热点上，并且到处向我显现他那扩大了的形象。噢！这样等待，我多累啊！主啊！那幸福的大门，请给我打开片刻吧。

10月3日

唉！光芒全部熄灭了！他好似影子，从我的怀抱里逃逸。原先他就在这儿！他就在这儿！我还能感觉到他。我呼唤他。我的双手、我的嘴唇，在黑夜里徒然地寻找他……

我既不能静下心来祈祷，又不能安稳地入睡。我又出来，到黑魆魆的花园里，无论待在房中还是小楼里，都感到害怕。我痛苦万分，一直走到同他分手的那扇小门，重又打开，异想天开地希望他又回来了。我呼唤，在黑暗中摸索。我回到房中给他写信。我接受不了自己的哀痛。

究竟发生了什么事儿！我对他讲了什么？我又做了什么呢？在他面前，何必总夸大自己的美德呢？我这颗心完全否定的一种美德，能有多大价值呢？我暗中违背上帝教导我说的话……我满腹的心事，却一句也没有说出来。杰罗姆！杰罗姆！我的痛苦的朋友，我在你身边就肝肠寸断，离开你又痛不欲生。刚才我对你讲的那一切，你只倾听我的爱向你诉说的那部分吧。

信撕了又写……天已拂晓，灰蒙蒙的浸透了泪水，同我的思想一样愁惨……我听见田庄头一阵响动，万物睡醒了，又活动起来了……“现在，你们起来吧，时间已到……”

这封信不会发出去。

10月5日

嫉妒的上帝啊，您既已剥夺了我的一切，那就把我的心也拿走吧。从今往后，这颗心没有了任何热情，对什么也不会产生兴趣了。请助我一臂之力，战胜我这可怜的残余吧。这所房子、这座花园，都无法容忍地激发我的爱情。我要逃往只能见到您的一个地方。

您要帮我把我的全部财富分给您的穷人，不过，让我将芬格斯玛尔田庄留给罗贝尔，我不会忍心卖掉。我倒是写好了一份遗嘱，但是大部分必须履行的手续还不清楚。昨天，我未能和公证人谈透，怕他猜出我的决定，就去通知朱莉叶或者罗贝尔……到巴黎之后再补齐吧。

10月10日

到达这里，身体十分疲惫，头两天不得不卧床休息。他们不顾我的反对，请来了大夫。大夫认为必须做手术。硬顶有什么用呢？我没有费多少唇舌就让他们相信，我特别怕动手术，希望等“体力恢复一点儿”再说。

我隐瞒了姓名和住址，但是我向疗养院办公室交了一大笔钱，足以使他们痛快地接待我，而且只要上帝认为有必要，我在这里生活多久都成。

我挺喜欢这个房间。室内非常洁净，就无须装饰四壁了。我十分诧异，自己的心情近乎快乐，这表明我对生活不再抱任何期望了。这也表明，现在我必须只考虑上帝，而上帝的爱只有占据我们的整个身心，才会无比美妙……我随身只带了《圣经》，不过今天，我心中响起比我读到的话更高的声音，即帕斯卡尔这一失声的痛哭：“无论什么，不是上帝的就不能满足我的期望。”

噢！我这颗轻率的心，竟然期望人间的欢乐……主啊，您将我置于绝望的境地，就是要叫我发出这声呼喊吗？

10月12日

您快来主宰吧！快来主宰我的心，来成为我的唯一主宰，主宰我的整个身心吧。我再也不想拿这颗心同您讨价还价了。

我的心灵仿佛十分衰老，可是又保持一种特别的稚气。我仍是当年那个小姑娘，屋子必须规整，脱下的衣裙必须叠好放在床头，我才能睡着觉……

我死的时候，也打算这样。

10月13日

这本日记又读一遍，然后好销毁。“伟大的心灵不该散布自己的惶惑之感。”这句美妙的话，我想是出自克洛蒂尔德[1]之口。

我正要将日记投入火中，却被一声警告制止了——我觉得日记已不属于我本人了，日记完全是为杰罗姆写的，我没有权力从他手中夺走。我的种种担心、种种疑虑，今天看来十分可笑，不可能再那么重视，也不会相信杰罗姆看后会内心纷扰。我的上帝啊，让他也发现一颗心的笨拙声调吧。这颗心渴望到了狂热的程度，要把他推上我本人都万难抵达的美德之巅。“我的上帝，带我登上我达不到的这个崖顶。”

1　克洛蒂尔德（475—545），法国王后，克洛维一世的妻子，她曾劝说丈夫皈依天主教。

“欢乐，欢乐，欢乐，欢乐的泪水……”[1]

不错，超过人世欢乐，越过一切痛苦，我感觉到了这种无与伦比的欢乐。我达不到的崖顶，我知道有个名称：幸福……我也明白，如果不追求这种幸福，我便虚度此生……然而，主啊！您曾许诺给放弃红尘的纯洁灵魂。“即刻就幸福了，”您的圣言说道，“即刻就幸福了，死在主的怀抱里的人。”难道我一定得等到死吗？我的信念正是在此处动摇了。主啊！我用全部气力向您呼喊。我在黑夜中，我等待黎明。我向您呼喊，到死方休。来解除我心中的干涸吧。这幸福，我渴望马上……或者我应当确信得到啦？也许就像性急的小鸟儿，天不亮就叫起来，是呼唤而不是宣告黎明，难道我也不等天放亮就歌唱吗？

10月16日

杰罗姆，我要让你知道什么是完美的欢乐。

今天早晨，我翻肠倒肚，大吐了一阵，立刻感到身子虚弱极了，一时间或许就要死去。但其实不然。开头，我通身都极其平静；继而，一种惶恐不安的情绪袭上心头，使我的肉体和灵魂都颤抖起来，就好像猛然醒悟，一下子悟透了自己的一生。我仿佛第一次注意到，我那房间光秃

1　引自帕斯卡尔的《遗言》。

的四壁惨不忍睹。

我害怕了。现在我还在写，就是要自我安慰，保持镇定。主啊！但愿我至死也不会说出一句大逆不道的话。

我还能起床。我跪下来，像个孩子似的……

现在我想死去，速速死去，别等到我又明白过来自己孤单一人。

去年我又见到了朱莉叶。接到她告诉我阿莉莎死讯的那封信，十余年过去了。一次我到普罗旺斯地区旅行，趁机在尼姆停留。泰西埃家的住房相当美观，位于中心闹市区弗舍尔大街。我虽已写信告知，可是踏进门槛时，心情还是颇为激动。

一名女仆带我上楼进客厅，等了不大工夫，朱莉叶便出来见我。我恍若看见普朗蒂埃姨妈——同样的走路姿势、同样的丰盈体态、同样气喘吁吁的热情。她立刻问我的情况，问题一个接着一个，也不等我回答：问我职业生涯如何，在巴黎的住处怎样，又问我干些什么，有什么交往，到南方来做什么？为什么不能再往前走走，到埃格-维弗呢？爱德华见到我会非常高兴的……然后，她又向我介绍所有人的情况，谈到她丈夫、几个孩子，还谈到她弟弟、去年的收成，以及不景气的生意……从而我得知，罗贝尔卖掉了芬格斯玛尔田庄，搬到埃格-维弗来住，现在成为爱德华的合伙人。他留在葡萄园，改良品种并扩大栽植面积，而爱德华就能腾出手来跑外面，主要管销售事宜。

在说话的工夫，我的目光不安地寻找能忆旧的物品，在客厅的新家具中间，认出了几件芬格斯玛尔的家具。然而，还能拨动我心弦的往事，现今朱莉叶似乎置于脑后，或者有意绝口不提。

楼梯上有两个男孩在玩耍，他们有十二三岁，朱莉叶叫过来介绍给我。大女儿莉丝随父亲去埃格-维弗了。不一会儿，回来一个十岁的男孩，正是朱莉叶写信通知我那个沉痛消息时说要出生的那个。那次有些难产，朱莉叶好长时间身体没有恢复过来。直到去年，她才好像一高兴，又生了一个女孩，听口气是她最喜爱的孩子。

“她睡在我的房间，就在隔壁，”她说道，“过去看看吧。”她带我往那儿走时，又说道：“杰罗姆，我没敢写信跟你说……你愿意当这小丫头的教父吗？”

“你若是喜欢这样，我当然愿意了。”我略感意外地说，同时俯向摇篮，又问道，“我这教女叫什么名字？”

“阿莉莎……”朱莉叶低声答道，“孩子长得有点儿像她，你不觉得吗？”

我握了握朱莉叶的手，没有回答。小阿莉莎被母亲抱起来，睁开眼睛，我便接到我的怀抱里。

“你若是成家，会是多好的父亲啊！”朱莉叶说着，勉颜一笑，“你还等什么，还不快结婚？”

“等我忘掉许多事情。”我瞧见她脸红了。

“你希望很快忘记吗？”

“我希望永不忘记。”

“跟我来。”她忽然说道，并且走在前面，带我走进一间更小的屋子。只见屋里已经暗了，一扇门通她的卧室，另一扇门通客厅。“我有空的时候，就躲到这里来。这是这所房子里最安静的屋子，在这里，我就有点儿逃避了生活的感觉。”

这间小客厅同其他屋不一样，窗外不是闹市，而是长有树木的院子。

“我们坐一坐吧，”她说着，便倒在一张扶手椅上，“如果我理解不错的话，你是要忠于阿莉莎，永远怀念她。”

我没有立即回答，过了一会儿才说道：“也许不如说忠于她对我的看法吧……不，不要把这当成我的一个优点。我觉得自己不可能有别种做法。我若是娶了另一个女人，就只能假装爱人家。”

“噢！”她应了一声，仿佛不以为然。接着，她的脸掉转开，俯向地面，就好像要寻找什么丢失的东西：“这么说来，你认为一种毫无希望的爱情，也能长久地保存在心中啦？”

“是的，朱莉叶。”

“而生活之风每天从上面吹过，却不会吹灭它吗？……”

暮色渐浓，犹如灰色的潮水，涌上来，淹没了每件物品，而所有物品在幽暗中，仿佛又复活了，低声讲述各自的往事。我又看见了阿莉莎的房间——姐姐的家具，全由朱莉叶集中到这里了。现在，她的脸又转向我，脸庞我看不清，不知眼睛是否闭着。我觉得她很美。我们二人都默然无语。

“好啦！”她终于说道，“该醒醒了……”

我看见她站起身，朝前走了一步，就像乏力似的，又倒在旁边的椅子上，双手捂住脸，看样子她哭了。

这时，一名女仆进屋，端来了油灯。

三
个
圈

经典就读三个圈　导读解读样样全

三个圈
独家文学手册

导　读

《窄门》，从亲身经历到虚构现实

张　博

（法国巴黎索邦大学文学博士，主要从事20世纪法国文学研究）

引　言

《窄门》自1909年正式发表以来，已经过去了一个多世纪。自从海派作家穆木天1928年将其首次译成汉语以来，也已经过去了九十多年。在此期间，多有译界名家在此一试身手。而一代文豪卞之琳先生，更是对《窄门》爱不释手，对这部纪德的名作进行过细致的翻译和解读。他在《窄门》的初版序言中自陈："我这本译稿，1937年夏天，开始在雁荡山的灵峰寺，结束在全面抗战爆发后的几天，在上海法租界。"[1]在战争的阴云乃至于隆隆枪炮声中完成这部名篇的翻译工作，并且感叹"这本小说里的悲剧的光芒，倒难道——不是为了场面的漂亮，而是为了正面的价值——不能叫演悲剧的世界有所醒悟，而特别叫我们演惨剧的更有所激发吗？"[2]这一有力的提问，在作品与时代之间构建起强烈的关联，使得这对遥远

1　卞之琳著，《卞之琳译文集·上卷》，安徽教育出版社，2000年12月第1版，第409页。
2　卞之琳著，《卞之琳译文集·上卷》，安徽教育出版社，2000年12月第1版，第418页。

法兰西青年男女之间的爱情悲剧，似乎与中华民族汹涌悲壮的近代史发生了叠合，穿越沉淀的时光，依然掷地有声，振聋发聩。卞之琳的《窄门》译本1947年正式出版，1980年代又进行了重新修订。在新版序言中，他又旧事重提：

> 四十年前，我在上海为这个译本写序，有鉴于当时当地的形势，发了以偏概全的感慨，说我们的世界是演不了悲剧，只能演惨剧的世界。我一九四九年春从英国回到北平，目击祖国大陆即将全面解放，自己的感官当然也大有改变。谁想得到又经过十七年的曲折，来了“文化大革命”的浩劫，广大人民所受的元气挫折、心灵创伤，恢复不易，社会上旧的后遗症未尽，又加了新的并发症？我为大局的近景和远景庆幸之余，又感到四十年前类似而不同性质的一点杞忧。我现在不免激赏纪德在这部小说里表现的认真精神，不限于爱情的范围或层次。不信神，不信鬼，不信天堂与地狱，我们也就不该有我们自己的道德、自己的理想吗？尽管本质上不同于西方资产阶级以及封建贵族阶级的“德行”观念之类，在好的方面，彼此还有一脉相通处、长远契合处，总还是说得过去吧？[1]

卞之琳先生的这段话，似是一点从《窄门》延伸开去的人生

1　卞之琳著，《卞之琳译文集·上卷》，安徽教育出版社，2000年12月第1版，第412页。

体会，但其实却涉及阅读一部文学作品的根本方式：如何在不同的时代、不同的处境中阅读同一部作品，提出的问题与回答是否可以或应该有所差别？笔者认为，真正伟大的文学作品，都是从具体时空中诞生的朝向超时空与非时空的呼唤。换句话说，作品一方面是作者在一时一地的具体情境中创作出来的，另一方面却又可以不断突破时代、地域、语言、人群的限制，令作者无法想象的广大读者理解和感动。作品的意义，也将在新的语境中不断变化和生长。文学批评的真正能量，也恰恰建筑于“具体时空”与“超时空／非时空”之间的张力之上。这就涉及两方面的根本问题：第一，作品创作时的具体时空究竟是什么，作者的创作心态究竟为何？第二，在当下的语境中，读者可以如何理解这部作品，并对他们的人生产生意义？关于第二个问题，没有任何人有资格对读者如何理解作品加以规定，自由的阅读，恰恰是文学的本质之一。作为研究者，我们仅能给出自己的感悟以供读者参考。而对于第一个问题，研究者却可以通过文献材料的梳理，给出一些相对客观的论据。本文的目的，就是把读者带回百年前纪德书写《窄门》的那个时空之中，在现实与虚构之间，感受纪德这位一代文豪强有力的笔触。

《窄门》的自传性

《窄门》的成书过程缓慢而艰难。纪德大约在1894年就已经萌生了写作《窄门》的想法，直到1904年才真正动笔撰写初稿，之后又在1906年和1907年先后两次进行了近乎重写的大改，几乎可谓三易其稿。直到1909年最终出版前夜，纪德依然在对小说进行修改，抽掉了第八章开头杰罗姆的一段独白。在纪德的日记中，我们可以读到以下片段：

> 昨天，我给科波念了《窄门》写成的部分。我很不满意，我所能作的评语等下面再写。差一点我就付之一炬。科波的见解很高明，他从我给他读的部分里，看出这无非是一件更好东西的初稿。这若是在前几年，要念的自以为已经完美（或者近乎完美）的篇章，其实还不成样子，我准得灰心丧气。没有神仙一般的耐心，就什么也创作不出来。（1905年7月10日）[1]
>
> 我迟疑再三，最后才鼓起勇气念《窄门》。首先稿子还极不完善，头两章有几处尚未定型，有几分模糊，总之念得相当沉闷……这本书，我写起来极为艰难的地方，他们听起来也相当艰涩。在时间上，它同我们今天所想、所

---

1 《纪德文集·日记卷》，李玉民译，花城出版社，2002年1月第1版，第388页。

感和所需错位了。无所谓，我不能不写。而我从这次有点失面子的考验中走出来，并没有气馁，而是更加坚定了。（1907年11月19日）[1]

从这些既哀怨又不失坚定的自白之中，可以看到纪德写作《窄门》的艰辛。也正是在这个漫长的写作过程中，纪德决定大量引入其个人的生活经验，以此作为对小说内容的支撑。如果对纪德的生平略作了解，我们就会知道，他父亲早逝，他的母亲有一个一辈子与她生活在一起的单身女伴（安娜·夏克勒顿），他母亲的隆多家族在诺曼底拥有一块产业，他出生于毛里求斯的舅妈与别人私奔，他娶了自己的表姐（玛德莱娜·纪德）为妻，他有一个擅写情色文学作品的密友（皮埃尔·路伊斯）……这一切似乎都可以在《窄门》中找到各自的对应：弗洛拉·阿斯布尔顿、封格斯玛尔、露希尔·布科兰、阿莉莎·布科兰、阿贝尔·沃蒂埃。甚至杰罗姆与阿莉莎的往来信件，有一些段落直接摘抄自纪德与玛德莱娜的通信。尤其是杰罗姆与阿莉莎的疏远，其中的经验与感悟直接取自现实生活中玛德莱娜一度对纪德的回避。从这些细节来看，《窄门》似乎具有浓重的自传小说色彩，似乎是纪德对其现实生活的某种转述。

更隐秘也更有趣的细节还有，纪德在《窄门》的扉页上留下了这样一行题词：“à M.A.G”（“致M.A.G”）。这行题词，在法国各种版本的《窄门》中均有呈现，在国内却似乎无人破解，出版时

1 《纪德文集·日记卷》，李玉民译，花城出版社，2002年1月第1版，第485页。

不是原样保留但不作注解，就是一删了之。而这亦情有可原。遍查纪德的亲朋好友，并没有任何人名可以缩写为“M.A.G”，与之最接近的便是纪德的表姐和妻子玛德莱娜·纪德，但中间的“A”字母又所指为何呢？不过，只要在法语文献中进行一番研究就可以知道，这个“M.A.G”，其实是“Madelaine André Gide”，也就是“玛德莱娜·安德烈·纪德”，即“玛德莱娜·纪德”与“安德烈·纪德”的合写。这个“A”，恰恰是纪德自己的名字“安德烈”。换句话说，纪德把《窄门》这部作品献给了他的妻子和他自己。这个细节是否可以证明，在纪德、玛德莱娜与杰罗姆、阿莉莎之间，存在明显的对应关系呢？

经验片段一：结尾

关于纪德在《窄门》中对其现实经验的运用，让我们首先看看他本人如何描述。在文学自传《如果种子不死》中，纪德这样写道：

> 安娜是一九八四年五月离开我们的。十天前，母亲和我送她去夏尔格兰街卫生院。她要在那里接受手术，切除一个肿瘤。相当长时间以来，这个肿瘤压迫着她，使她人都变了样，我把她留在一个干净、清冷的普通小病房里，

此后就再也没见到她。手术做成功了，的确如此，不过使她变得太虚弱了。安娜没能康复，以她卑微的方式告别了人世。她去世的时候人们根本没有注意到，只有在她去世之后才注意到。在她最后的时刻母亲和我都不在她身边，她没有能够与我们告别，她最后的目光所遇到的都是陌生面孔。一想到这些，我的心情就非常沉重。好几个星期，好几个月，我一直想象着她孤独忧伤的情态。我想象、听到那个深情灵魂绝望的呼唤。除了上帝，一切都抛弃了这个灵魂。正是这种呼唤的回声，回荡在我的《窄门》最后几页文字里。[1]

纪德的这段论述，为我们阐明了《窄门》最初起笔时的动机。在他脑海中最开始出现的恰恰是结尾的场景，是女主人公在病房中孤独地离世。从这个情节出发，纪德开始构思他的整部小说。安娜是谁？是安娜·夏克勒顿，纪德母亲一生的女伴，纪德心中的第二位母亲，也就是现在小说中的阿斯布尔顿小姐。还是用纪德自己的话说："我从安娜之死获得灵感，打算写一个故事，题目大概可叫《论安然死去》，后来则成了《窄门》。我终于开始感到世界很大，而我对其一无所知。"[2]所以，在纪德最初的构思中，《窄门》的故事其实是围绕他母亲的这位女伴展开的。当然，这是1904年《窄门》最初的草稿，其中大多数内容之后都被纪德彻底改换了，

1 《纪德文集·传记卷》，罗国林、陈占元译，花城出版社，2002年1月第1版，第176页。
2 《纪德文集·传记卷》，罗国林、陈占元译，花城出版社，2002年1月第1版，第193页。

不过这个结尾，这个“深情灵魂绝望的呼唤”，最终被保留了下来。纪德的这一经验，来自安娜·夏克勒顿之死。但是，这段情节的意义，早已远远超越了对安娜·夏克勒顿的怀念。

《窄门》中阿莉莎在医院病房中孤独死去的情节，在小说中具有极重的分量与意义，甚至可谓对其人生的终极隐喻。在阿莉莎刚刚抵达疗养院时，她觉得“我挺喜欢这个房间。室内非常洁净，就无须装饰四壁了”。但到了临死前的最后时刻，她却猛然意识到，“我仿佛第一次注意到，我那房间光秃的四壁惨不忍睹。我害怕了。现在我还在写，就是要自我安慰，保持镇定。主啊！但愿我至死也不会说出一句大逆不道的话。我还能起床。我跪下来，像个孩子似的……现在我想死去，速速死去，别等到我又明白过来自己孤单一人”。阿莉莎的人生，就仿佛这房间光秃的四壁，它曾经以其“洁白无瑕”而让她迷恋，却最终看到它其实“光秃得惨不忍睹”。她为了对德行的追求放弃了与杰罗姆现世的相守，为了属灵的精神天国而放弃了尘世的肉身欲望。但在她人生的最后时刻，一切假象都被破除，她看到了自己人生的本相。这一段情节，可谓小说的关键组成部分。纪德把他对安娜·夏克勒顿之死的体悟，完美融入了小说剧情之中，除了表现出“深情灵魂绝望的呼唤”之外，更包含着一个孤独灵魂疼痛的彻悟。现实经验由此得到了凝缩，进而展现出不同寻常的质地。

《纪德传》的作者皮埃尔·巴勒普认为：“玛德莱娜是《窄门》中的主人公，尽管阿莉莎这个角色不是现实中的玛德莱娜，而是纪德儿时眼中的玛德莱娜的形象：一个具有宗教色彩的神秘和圣洁的理想人物。”[1]这也有一定的道理。阿莉莎一方面有纪德儿时眼中玛德莱娜的部分形象，又融合了安娜·夏克勒顿死前最后的场景，通过对不同生命经验的拼接和重构，凸显出一个崭新的角色，并使得这个人物拥有了属于她自己的命运与性格。

经验片段二：开头

《窄门》的故事，开始于一系列相对平淡的背景描写，交代各种人物，描写住房与花园等。小说中的第一个高潮，也是整部爱情故事真正的起点，是露希尔舅妈偷情时杰罗姆与阿莉莎在楼上房间中的相会——“这一刹那便决定了我的一生，至今回想起来，心里仍然惶恐。”而这段经验的原型，同样取自纪德真实的人生经历。他在《如果种子不死》中对此进行过详细的记录：

> 我傍晚时分离开表姐妹们，回到克罗斯纳街。我想妈妈正等着我回去，可是家里没有人。我犹豫片刻，决定返回乐卡街。我觉得这挺有意思，因为我是出其不意返回去的。我思想上已流露出这种幼稚的欲望，让自己不熟悉

1　皮埃尔·巴勒普，《纪德传》，黄贤福、高艳春译，东方出版中心，2001年1月第1版，第213页。

的空间和时间充满神秘。我十分关心在自己背后发生的事情，有时甚至觉得，如果回头敏捷，准能发现令人匪夷所思的情形。

我在非正常时间来到乐卡街，想给人家一个意外，却在这天晚上，我窥探秘密的兴趣如愿以偿。

刚到门口，我就觉察到情况异常。与平常相反，大门没有关，不需要按门铃，我便悄悄溜进去。舅妈身边的使女阿丽丝这个讨厌的女人，突然从门厅的门后钻出来——她显然埋伏在那里——粗声粗气地问道：

“怎么，是你？！这个时候还来干什么？！”

显然我不是人家等待的人。

我不理会她，径直往里走。

底层是舅舅埃米尔的书房，又小又暗，弥漫着雪茄烟味。他经常将自己反锁在里面，一锁就是半天，挂在心上的远远不是他的业务，而是各种烦恼，每次出来时总显得十分苍老。最近这段时间，舅舅的确老了许多。这一点说不清是不是我注意到的，但听见母亲对舅妈吕茜尔说：“可怜的埃米尔变化真大！”我立刻发现舅舅前额上布满了皱纹，目光惴惴不安，有时现出心力交瘁的神色。这天，舅舅不在鲁昂。

我悄无声息地爬上黑乎乎的楼梯。孩子们的卧室全在最上面一层楼，下面一层是舅妈的卧室和舅舅的卧室。二层是餐厅和客厅。我经过餐厅和客厅前面，准备一个箭步冲过第三层，可是舅妈的卧室门完全敞开着，里面灯光通明，连楼梯口平台也照亮了。我只匆匆往卧室里瞟一眼，瞥见舅妈毫无神色地躺在一张沙发上；苏珊娜和路易丝坐在她身边，弯着腰打扇子，好像还给她闻盐。没看见埃玛妞，或者更确切地说，本能告诉我埃玛妞不可能在这里。我怕被看见和被叫住，很快经过了门口。

我先要从埃玛妞两个妹妹的卧室前面经过。这两间卧室里黑乎乎的，引导我向前走的唯一亮光，是两个还没拉上窗帘的窗户透进的一点微弱光线。我到了女朋友的门前，轻轻敲了两下，没有回应，正要再敲，门开了，原来是虚掩着的。这间卧室更黑。床占住了紧里的一面。我背对着床，起初没有发现埃玛妞，因为她跪在地上。我以为房里没有人，正要退走，却听见她说：

“你为什么要来？你不应该再来的……”

她没有站起来。我没有立刻明白她正伤心，只是感到她的热泪落在我脸颊上，我双眼突然睁开了。

在这里我根本不想讲述她伤心的细节，不想讲述那使她痛苦的该死的秘密故事，况且这故事当时我基本上不清楚。现在想来，对一个纯洁无瑕，心里只装有爱和亲情的女孩子来讲，最残酷的事情莫过于要对她自己的母亲作出评价，谴责自己母亲的行为。更使她痛苦的是，那个秘密——她不知怎么发现的、已给她造成伤害的秘密——她必须独自藏在心里，还要瞒着她所尊敬的父亲。这个秘密全城人议论纷纷，被人当作笑柄，只有她两个天真无邪、无忧无虑的妹妹蒙在鼓里。不，这一切我只是后来才知道的，但是我感到，在这个我已十分钟爱的少女心里，藏着一个巨大的、无法忍受的痛苦；这痛苦我凭着满腔的爱，一辈子都无法为她消除。此外我还有什么好说的呢……到此时为止，我只是盲目地游荡，这时突然发现了自己新的人生方向。[1]

《如果种子不死》中的“埃玛妞”，就是纪德的表姐玛德莱娜。除了一些细节差异，这段真实经历几乎在《窄门》第一章中得到了完整重现。《纪德传》的作者皮埃尔·巴勒普对于《如果种子不死》中的这段描述如此评价道：

因为爱上玛德莱娜，完完全全坠进一种虚无的现实中。他视而不见自身已经承受的一切，身体、土地和日常生活等，他选择了天使。他，一个凡夫俗子，期待着有一天也成为天使之翼，拥有一颗纯洁的心灵，没有半点罪过的阴影。从那时起，他的生活有了目标，有了奔头：一切为了玛德莱娜——换句话说，他把一生献给了一个自己主观臆造出来的与表姐其人重叠在一起的理想化了的形象……为了超越自己，为了真正诞生在这个世上，纪德不

1 《纪德文集·传记卷》，罗国林、陈占元译，花城出版社，2002年1月第1版，第91至93页。

是想从玛德莱娜那里得到庇护，而是要献出他的爱。甚至还不是爱情本身，而是爱意，以及因爱而生的一种激情。[1]

这段评语，无疑可以完美地套用在杰罗姆身上，他爱上的阿莉莎，不是一个真实的人，而是一个臆想中的天使，他在主观的想象与期待中，人为地赋予了阿莉莎太多自我投射的理想。在杰罗姆与阿莉莎的感情世界中，其实存在一种失衡，存在着一系列情感与认知的幻觉，最终爱上了一个“自己主观臆造出来的与表姐其人重叠在一起的理想化了的形象”。这就使得他们的感情从一开始就打上了一个问号。他爱的究竟是那个真实的人，还是这种爱本身？所以不仅是阿莉莎最终走向了某种虚幻的终极，在杰罗姆身上，这种趋势也同样明显。二者之间，许多时候其实互相绞合，彼此推波助澜。只是作为第一人称叙述者，杰罗姆对自身的情感状态缺乏自知，也恰恰是因为如此使得小说中的许多独白变得更加微妙。

小说中的这一关键情节，既展现了杰罗姆向阿莉莎表白时的心绪，更代表了阿莉莎内心的剧烈冲突。阿莉莎的母亲露希尔·布科兰是她的“原罪”。这个来自异域的克里奥尔女人，体内依然保留着某种未经教化的原始野性。如果用现代主义的视角，无疑可以成为一本女性主义作品的经典主人公。她在家庭生活中的疏懒，她与情人笑骂时的野浪，她抛夫弃子义无反顾的出奔，包括她把手伸进杰罗姆胸口抚摸时的暧昧肉欲，都让她与这部情感压抑的作品形

1　皮埃尔·巴勒普，《纪德传》，黄贤福、高艳春译，东方出版中心，2001年1月第1版，第70至71页。

成了鲜明对照。她所谓的“发病”，在杰罗姆母亲眼中不过是“做戏”而已，却未必不是某种原始本能遭受压抑时的抵抗与宣泄，是肉体对于道德规范的排斥和反击。在这个意义上，露希尔·布科兰虽然让杰罗姆心中充满仇恨（仇恨是因为她对阿莉莎的伤害），却又是纪德日后所推崇的那种赤裸的“真人”。在露希尔身上，欲望鲜活地保持在场。而阿莉莎一方面抗拒这样的母亲，另一方面却会发现在自己身上同样有母亲的影子存在——“灯罩拢住灯光，我的眼睛和上半身处在暗影里，而脚尖从衣裙下稍微露出来，正好映上一点灯光，我则机械地注视自己的脚尖。”她在欣赏和感受自己的身体。但是，当她感受到自己体内与母亲相同的欲望在萌动时，她感到恐惧，也许她想到了母亲所代表的罪孽，这让她越发惊慌地试图把这种欲望隐藏起来——“我看不见他，但是能感觉到他的气息，如同他身体传出的热气和颤动。我佯装继续看书，可是书中说的什么意思看不懂了，连行数也分辨不清，心中莫名其妙乱成一团麻。我趁着还能控制住的时候，急忙站起身，离开客厅一阵，幸而他什么也没有看出来……”这一切的根源，无疑与母亲出轨偷情的一幕直接相关，使得阿莉莎既被体内的欲望吸引，又对其无比警惕和排斥，也使整部小说中阿莉莎在身体层面对杰罗姆的抗拒显得似乎不近人情。但这一切都是有理由的。故事开篇露希尔舅妈在楼下肆意浪荡与阿莉莎在楼上痛苦祈祷的一幕，构成了小说的第一个高潮。这一情节的安排，是理解阿莉莎性格与心理的关键之一。纪德将他的真实经历略加变形，安置于此，其用意无疑不是怀念往事，而是制造强烈的戏剧性冲突，并且达到了完美的效果。卞之琳先生说得好："故事的开始差不多就在各自要失去母亲的时候。那是两个极相反的母亲，芥龙[1]的母亲不宜于穿鲜艳的衣服，正如阿莉莎的母亲不宜于穿黑。在阿莉莎的母亲就要跟人家跑了以前不久，芥龙决定一生都保护阿莉莎；在芥龙的母亲弃世以前不久，阿莉莎也知道芥龙需要从她这里得到一点支撑。"[2]

而除了两位母亲的对比之外，露希尔·布科兰也和她的女儿阿莉莎的妹妹朱莉叶·布科兰构成对照。阿莉莎生命中最重要的两位女性，一是她的母亲，在婚姻中背叛了她的父亲，追求自身的欲望与情人逃之夭夭；二是她的妹妹，嫁给了一个看似庸俗可笑实则精明强干的葡萄酒商人，过上了一种在阿莉莎看来不值一提却又踏踏实实的幸福生活——"我是通过推理，才对朱莉叶的幸福感到高兴的。她这幸福，当初我多么诚心祝愿，甚至愿意为之牺牲我的幸福，可今天我却痛苦地看到，这幸福来得如此容易，同我们二人当初想象的大相径庭！"如果我们套用一些马克思主义的阶级分析，其中当然包含了某种大资产阶级[3]对于工商业者的轻蔑（纪德母亲的家族是当时法国前五千位的巨富家族），而如果把这些阶级身份放在一边，单从阿莉莎的心理角度出发，她对于朱莉叶的幸福产生了巨大的抵触情绪。首先是因为朱莉叶的幸福在她看来过于日常，过于平淡，取消了精神维度，缺少了高蹈与超越，与她们年少时一

---

1 即"杰罗姆"。

2 卞之琳著，《卞之琳译文集·上卷》，安徽教育出版社，2000年12月第1版，第414页。

3 所谓大资产阶级就是当时拥有一百万法郎以上的存款，每年仅靠银行利息就可以生活无忧，因此不必工作的阶层。

起阅读诗歌时幻想的未来差别过大——“朱莉叶生活幸福，她这样说，看样子也如此——我没有权利，也没有理由怀疑……然而，我在她身边的时候，这种美中不足、颇不舒服的感觉，又是从何而来呢？——也许感到这种幸福太实际了，得来太容易，完全是“特制”的，恐怕要束缚并窒息灵魂……”这两种婚姻，无疑都是阿莉莎抗拒的，也使得她对于是否与杰罗姆结成夫妻产生了严重的心理怀疑。于是，在母亲对婚姻的不忠与妹妹“实际轻易”的幸福之间，阿莉莎的价值观发生了深刻的震荡，使她对于何谓“幸福”产生了奇特的理解，使她从追求幸福本身，转向抵达幸福的路径，使她从向往人间的幸福，转向祈求天国的幸福。

重新虚构现实

从上文所举的两个例子可以看出，纪德在《窄门》的写作过程中，的确运用了许多真实的个人经验，又通过一系列巧妙的情节设置，使它们化为小说的一部分。纪德通过对一系列真实人生经验的引入以及对这些经验的重新安排，为《窄门》带来了一种真切而细腻的气质。纪德80岁时，在一次访谈中谈到了《窄门》的创作问题：

——您写《窄门》似乎费尽心机，中断之后又几次重新开始?

——我不知道这话是否正确。我觉得这部作品的写作是相当自然的。小说的虚构部分压缩到小之又小，好更突出杰罗姆和阿莉莎所处的对立地位。

——我懂。您似乎要说这部作品，或者说这部作品的实质，是从您自己的经历取得的。

——绝对正确。从我在生活中的经验取得的。

——您又抱怨这部作品始终没有写好，您无法使它有生气，无法将它创作出来。

——《窄门》初稿中的那些“涂改”（借用画家的一个术语）、那些败笔恐怕还没有丢掉，以后把它们找出来也许是很有意思的。小说开头一再易稿。我十分缓慢、十分困难地将我的故事充分简化。

——或许恰恰由于它是取材于一段活生生的经历，书中某些人物，尽管是虚构的——我指阿莉莎，比方说——他们的原型却是确实存在的?

——是的，小说家最不好处理的就是这个。我写作《伪币制造者》的时候注意到这一点。这部作品所有的人物，唯一的一个，清清楚楚地取材于现实的人物，是那个老拉·佩鲁斯，我的老师，马克·德·拉·尼克斯。好，就是这个人物使我煞费苦心，但就是这个人物显得不真实。

——显得最自然的，是彻头彻尾虚构的。

——是的。再说，这一点在阅读龚古尔兄弟的《日记》时就可以看到：龚古尔兄弟把在现实里采集到的，并用寥寥几笔匆匆记在他们的《日记》里的话显得多么不自然。每回他们想把这些话原封不动放到小说里面时，结果都使人觉得相当别扭。

——这说明“真”不是现实，必须创造现实和重新虚构现实。

——是的，我想是这样。所以葛饰北斋[1]说，如果我记得不错：“作素描、画画永远不要比着自然。”[2]

这段纪德的晚年回顾，对于理解他写作《窄门》的策略与心情颇为重要。把“虚构的部分压缩到小之又小”，通过引入现实经验，并且“重新虚构现实”，完成对小说人物的塑造。很难想象，一部内心戏如此丰满的作品，在纪德眼中却是一种“简化”，但也许这恰恰是一种真相，通过这种特殊的“简化”，让过于私密的人物变得普遍。杰罗姆与阿莉莎既有现实中的原型，又是一种想象性的重构。在这个意义上，没有必要把杰罗姆与纪德、阿莉莎与玛德莱娜进行过度的一一对应，他们都是纪德以自己的经历片段为基础重构的小说人物，与其说纪德书写了一段人生回忆，不如说他利用一段回忆创造了一本小说。

1　日本江户时代的浮世绘画家。

2　《纪德文集·传记卷》，罗国林、陈占元译，花城出版社，2002年1月第1版，第349至351页。

阿莉莎，或每个人的“窄门”

作为小说的女主人公，阿莉莎的形象也许会让读者颇为不适。不过，纪德的目的，不是刻意要对阿莉莎进行批判或抨击，甚至可以说，《阿莉莎日记》的设置，似乎就是纪德为她进行的辩解。前文曾经提到，在小说出版前夜，纪德抽掉了一页杰罗姆的自白，内容如下：

> 我的故事已近尾声。因为关于我自己的生活，还需要我来叙述什么呢？为什么我要在这里讲述，在一片新的天空下，为了再次收获幸福我作出过怎样的努力呢？时而，当我竭尽全力，却突然忘记了我的目标，让我感觉似乎我依然在努力朝她走去，因为我实在难以想象哪一个与德行有关的行动会不令我更加靠近阿莉莎。哎！难道我不是把她打造成了我德行的外在形式本身吗？为了让自己远离她，我最终必须转而反对的正是我自己的德行。于是我当时沉迷于最荒唐的淫乐，自我放纵到幻想把自己身上的一切意志力都统统消除。然而我那些放纵的想法总是朝着记忆的斜坡陷落。于是我整整几个小时、整整几天都始终无法恢复镇定。
>
> 接着一种可怕的惊跳会让我从麻木中重新挣脱出来。我恢复了锐气。我专注于在自己身上毁灭过去那些由我的幸福

建成的高楼大厦，专注于破坏我的爱情和信仰。我痛苦。

在这种混乱中，我的工作还能有什么价值！绝望，就仿佛过去我的爱情，似乎成为了我思想的唯一住所，我从中认出的内容无一不在向我呈现着我的苦恼。今天我憎恨这份工作，感觉我的价值尽丧，我怀疑这是不是由于爱情……不！而是因为曾经怀疑爱情。

这段文字，无疑包含了杰罗姆的抱怨，他在离开阿莉莎之后，过上了放荡荒淫的生活，却又痛苦不堪，身处灵与肉深切的撕裂之中，精神世界濒临崩解，而这一切似乎都需要阿莉莎负责。皮埃尔·巴勒普在《纪德传》中评论道："《窄门》曾如此沉重地压着纪德，使他在交稿前几乎还想改写小说的大结局。他准备狠狠批判女主人公极端的道德观念，因为她逼得杰罗姆起来反抗，导致他沉湎于肉欲之中。但是，他终于战胜了一时冲动，没有破坏原作的整体结构。"[1]纪德最终把这段文字删去了。换言之，他不想把读者引向对阿莉莎的抨击。而随着杰罗姆第一人称叙事的完结，《阿莉莎日记》的出现，让我们体会到她内心的矛盾。这并不是一个干涩刻板的道德家，同样身具鲜活的欲念，只是在不断地克制、压抑，最终令自己窒息。她的身上充满悲剧性，却又闪耀着奇异的光芒。我们并不能简单地把阿莉莎称为失败者或牺牲品，而更值得把她视作某种身具内在矛盾的悲剧人物。在纪德看似平实的叙述中，实在蕴含着惊心动魄的张力与冲突。

1　皮埃尔·巴勒普，《纪德传》，黄贤福、高艳春译，东方出版中心，2001年1月第1版，第222页。

就笔者自己的阅读体验而言，我更愿意把杰罗姆与阿莉莎视为纪德本人的双向摇摆。他曾经在日记中写道：

> 我总想知道自己将来是什么样子，我甚至不清楚自己要成为什么人，但是心里完全明白必须选择。我希望能走在确定无疑的路上，一直走到我决心去的地方。然而我却不清楚，不清楚自己究竟应当要什么。我感到自身有千百种可能，总不甘心只实现一种。[1]

阿莉莎，也许也包含在纪德自身的“千百种可能”之中，对于这扇天国的“窄门”，他似乎既想进，又不想进。对欲望的追求与对圣洁的祈盼，在他身上既对立又共存。而这也许就是人，无法用单一性格定义的矛盾复合体。

《窄门》这个标题，来自《圣经》。如果我们不使用中文和合本而从法语直译的话，内容是这样的：“你们要努力从窄门进，因为宽门和大路引向沉沦，走进去的人很多，而通向永生的窄门与小径，只有少数人将其寻获。”所以，“窄门”与大多数人走向沉沦的宽门大路相对，它通向永生，但只有少数人不懈坚持才能寻获。这个终点，在抵达之前，无人知晓是否真正存在。它似乎是一种信念，又似乎是一场骗局。这就使整部小说的立意变得更为微妙。“窄门”应该追寻吗？如果它有可能只是一种幻觉，依然应该无悔

1 《纪德文集・日记卷》，李玉民译，花城出版社，2002年1月第1版，第126至127页。

地前行吗？而如果我们不知道它究竟是真是幻，就真的不值得坚持吗？这一切都是这部小说提出的尖锐疑问，有待于读者自己作出回答。我想到了纪德的后辈勒内·夏尔的一首名诗：

> 还给他们在他们身上不再现身的事物，
> 他们将重新看见丰收的谷粒包裹在穗中并摇曳于麦秆儿。
> 教会他们，从坠落到起飞，他们面容的十二个月份，
> 他们将珍惜心的空白直到下一种欲望到来；
> 因为无物葬身海底或沉迷灰烬；
> 而谁若会看出大地终将通向果实，
> 没有挫败能令他动摇，即使他已失去一切。[1]

这终将通向果实的“大地”，是否也是一扇“窄门”？“失去一切”的挫败，真的能令我们毫不动摇吗？我们追求理想，又不敢坚定地压上全部，因为我们总在计算利益得失，因为这条路可能太过凶险，我们无法预知其中的痛苦，甚至无法预知终点是否存在，更不知道在终点处是否有我们曾经预期的美好。这让我想到了纪德的另一位后辈，将其尊称为“父亲”的阿尔贝·加缪。在加缪车祸去世后，美国作家威廉·福克纳为他写过一份悼词，其中有这样一段话：

1　勒内·夏尔，《愤怒与神秘：勒内·夏尔诗选》，张博译，译林出版社，2018年5月第1版，第190页。

> 就在他撞到树上的那一刻，他仍然在探索自我与追问自我。我不相信在那光明的一瞬间他找到了答案。我不相信答案能被找到。我相信它只能被寻求，被永恒地寻求，而且总是由具有人类荒诞性的某个脆弱成员来寻求。这样的成员从来就不会很多，但总是至少有一个存在于某处。而这样的人有一个也就够了。[1]

对加缪来说，他是否也在寻找着一扇属于他的“窄门”呢？如此看来，阿莉莎的追求，似乎无法被轻易地否定，但其中对于现世不近人情的抗拒，又显得是一种束缚。当然，“窄门”除了被理解为某种最高价值与理想之外，也可以被视作某种外在的规定与约束。从这个角度看，阿莉莎的悲剧也许更容易理解：要求人类走向窄门，是一个外在的律令，她所遵循的宗教戒律，与她内心的欲求不断发生着冲突，并压抑了她的天性，最终使她的人生一片荒芜。而即便从这个最简单的角度，它也依然与我们今天的每个人息息相关：在遵守社会规范，过上循规蹈矩的安稳生活，与放飞自我，来一场说走就走的旅行之间，我们也需要不断作出未必轻易的选择或取舍。阿莉莎也许同样活在我们每个人身上，我们真的有资格和立场指责她吗？

1　威廉·福克纳，《福克纳随笔》，李文俊译，上海译文出版社，2008年1月第1版，第115页。

译后记

请进纪德迷宫

李玉民

（首都师范大学法语教授，著名法国文学翻译家）

三个圈独家文学手册

一

法国二十世纪作家中，若问哪一个最活跃、最独特、最重要、最容易招惹是非，又最不容易捉摸，那恐怕就非安德烈·纪德莫属了。

有哪个作家活着的时候能够做到，让“右翼和左翼的正统者联合起来反对他”呢？又有哪个作家死的时候还能够做到，人们老大不乐意还得写悼念他的文章，将重重尴尬与怨恨编织成献给他的花圈呢？

同那些虚伪的、思想狭隘而令人作呕的悼念文章相反，萨特和加缪所写的纪念文章则显示出感情的真挚，认识深刻而评价中肯。

萨特在《纪德活着》一文中写道：“思想也有其地理：如同一个法国人不管前往何处，他在国外每走一步，不是接近就是远离法国，任何精神运作也使我们不是接近就是远离纪德……近三十年的法国思想，不管它愿意不愿意，也不管它另以马克思、黑格尔或克尔恺郭尔作为坐标，它也应该参照纪德来定位。”

加缪在《相遇安德烈·纪德》一文中则写道：“纪德对我来说，倒不如说是一位艺术家的典范，是一位守护者，是王者之子，他守护着一座花园的大门，而我愿意在这座花园里生活……向我们真正的老师献上这份温馨的敬意是理所当然的。对他的离去，一些人散布的那些无耻谰言，无损于他的一根毫发。当然，那些专事骂人的人至今对他的死仍狺狺不休；有些人对他享有的殊荣表现出酸溜溜的嫉妒，似乎这种殊荣只有不分青红皂白地滥施才算公正。”

两位大师从不同的立场与认识出发（尤其萨特能站在与纪德的分歧之上），不约而同地向纪德表示了敬意，这就从两个方面树立了榜样，表明不管赞成还是反对纪德，只有透彻地理解他，才有可能公正地评价他在法国文坛的地位和影响。

然而，漫说透彻，就是理解纪德又谈何容易。别的先不讲，拿诺贝尔文学奖评审委员会来说，就曾以不同的态度对待罗曼·罗兰和纪德，这正是基于对纪德的不理解。

罗曼·罗兰（1866—1944）和安德烈·纪德（1869—1951）生卒年代相近，都以等身的著作经历了二十世纪上半叶，算是齐名的作家。然而，罗曼·罗兰于一九一五年就获得了诺贝尔文学奖，纪德还要等三十二年之后，到一九四七年，在七十八岁的高龄才获此殊荣，是因其“内容广博和艺术意味深长的作品——这些作品以对真理的大无畏的热爱，以敏锐的心理洞察力表现了人类的问题与处境”。

其实，纪德的重要作品，到了二十世纪一二十年代，绝大部分都已经发表，主要有：幻想小说《乌连之旅》（1893）、先锋派讽刺小说《帕吕德》（1895）、散文诗《人间食粮》（1897）、小说《背德者》（1902）、日记体小说《窄门》（1909）、傻剧《梵蒂冈的地窖》（1914）、日记体小说《田园交响曲》（1919）、小说《伪币制造者》（1926）、自传《如果种子不死》（1926）。此后，纪德虽然还发表了大量的戏剧作品、游记、日记和通信集，但是他的主要文学创作活动到一九二六年就告一段落了，人称“文坛王子”的地位已经确立，当然也就无愧于获奖的那段评语了。但是，诺贝尔奖的评委们还要花上二十多年的时间，才算弄懂了纪德。

的确，纪德的一生和他的作品所构成的世界，就是一座现代的迷宫。

通常所说的迷宫，如古希腊神话传说中的克里特岛迷宫，人进去就会迷路，困死在里面。忒修斯是个幸运者，他闯进迷宫，杀死了牛头怪弥洛陶斯，不过也多亏拉着阿里阿德涅的线团，才最终走出来。

然而，纪德的迷宫则不同，它不仅令人迷惑，还有一种不可思议的特点：一般人很难进入。他的每部作品，都是他这座迷宫的一道窄门；他的许多朋友、绝大部分读者，从这种窄门挤进去，仅仅看到一个小小的空间，只好带着同样的疑惑又退了出来。至于他的敌人，往往连窄门都闯不进去，只好站在门口大骂一通了。

事实上，在很长一段时间，无论为友为敌，还是普通读者，大都未能找见连通这些作品的暗道密室，未能一识纪德整座迷宫的真面目。克里特岛迷宫中有牛头怪，纪德迷宫中有什么呢？

纪德迷宫中，有的正是纪德本人。

换言之，纪德笔下的神话人物忒修斯进入的真正迷宫，正是纪德本人。

二

纪德生于巴黎，是独生子，父亲是法律学教授，为人平易随和，读书兴趣广泛，往儿子幼小的心灵播下了爱好文学的种子。母亲本家是鲁昂的名门望族，十分富有，安德烈·纪德一生衣食无忧，在库沃维尔有庄园，在巴黎有豪华的住宅，全是母亲留给他的遗产。纪德早年体弱多病，异常敏感好奇。不幸的是他十一岁时，性情快活、富有宽容和启迪精神的父亲过早辞世，只剩下凝重古板、生活简朴并崇尚道德的母亲，家庭教育失去平衡。母亲尽责尽职，对儿子严加管教，对他的行为、思想，乃至开销，看什么书，买什么布料，都要提出忠告。直到一八九五年母亲去世，纪德才摆脱这种束缚的阴影，实现他母亲一直反对的婚姻，同他表姐玛德莱娜结合，时年已二十六岁了。

纪德受到清教徒式的家庭教育，酿成了他的叛逆性格，后来他又接受尼采主义的影响，全面扬弃传统的道德观念，宣扬并追求前人不敢想的独立和自由。纪德自道："我的青春一片黑暗，没有尝过大地的盐，也没有尝过大海的盐。"纪德没有尝到欢乐，青春就倏忽而逝，这是他摆脱家庭和传统的第一动因："我憎恨家庭！

那是封闭的窝，关闭的门户！”他过了青春期才真正焕发了青春，要拥抱一切抓得到的东西，表现出前所未有的激情。在懂得珍惜的时候，能获得第二个青春，应是人生最大的幸福。尤为难能可贵的是，纪德身上久埋的青春激情，一直陪伴他走完一生。

被称为“不安的一代人的圣经”的《人间食粮》，正是作者这种青春激情的宣泄，是追求快乐的宣言书：

> 自然万物都在追求快乐。正是快乐促使草茎长高，芽苞抽叶，花蕾绽开。正是快乐安排花园和阳光接吻，邀请一切存活的事物举行婚礼，让休眠的幼虫变成蛹；再让蛾子逃出蛹壳的囚笼。正是在快乐的指引下，万物都向往最大的安逸，更自觉地趋向进步……

《人间食粮》充斥着一种原始的、本能的冲动，记录了本能追求快乐时那种冲动的原生状态；而这种原生状态的冲动，给人以原生的质感，具有粗糙、天真、鲜活、自然的特性。恰恰是这些特点，得到了青年一代的认同。马丁·杜·伽尔的长篇小说《蒂博一家》的《美好的季节》一章中，有一个情节意味深长：主人公发现了《人间食粮》，说“这是一本你读的时候感到烫手的书”。纪德成为“那个时代青少年最喜爱的作家”（莫洛亚语），正是因为他的作品道出了青少年的心声。

莫洛亚还明确指出：“那么多青少年对《人间食粮》都狂热地崇拜，这种崇拜远远超过文学趣味。”青年加缪看了纪德的《浪子回家》，觉得尽善尽美，立即动手改编成剧本，由他执导的劳工剧团搬上舞台演出。的确，青少年在纪德的作品中，更多的是寻求文学趣味之外的东西，是纪德直接感受事物，直接感受生活的那种姿态。纪德甚至要修正一个著名的哲学命题“我思，故我在”，代之以“我感知，因此我存在”，将直接感受事物的人生姿态，提到前所未有的高度。

大多数人总是这样考虑：“我应当感受到什么？”而纪德时时在把握：“我感受到什么？”他的感官全那么灵敏，能突然同时集中到一个点，集中到一个事物上，将生命的意识完全化为接触外界的感觉，或者，将接触外界的感觉完全化为生命的意识。他将各种各样的感觉，听觉的、视觉的、嗅觉的、味觉的、触觉的，全都汇总起来，打成一个小包，如纪德所说：“这就是生命。”同样，纪德将感受事物的战栗，化为表达感受的战栗的语句，这就是用生命写出来的作品。读纪德的作品，最感亲切的，正是通过战栗的语句，触摸到人的生命战栗的快感。可以说纪德著作的主旋律，就是感觉之歌、快乐之歌、生命之歌。

纪德认为，在人生的道路上，最可靠的向导，就是他的欲望：“心系四方，无处不家，总受欲望的驱使，走向新的境地……”应当指出，早在童年和少年时期，纪德就特别迷恋《一千零一夜》和希腊神话故事，他虽然受母亲严加管教的束缚，但还是能经常与阿里巴巴、水手辛伯达为伴，与尤利西斯、普罗米修斯、忒修斯为伴，在想象中随同他们去冒险、去旅行，从而形成了他那不知疲倦的好奇心。进入第二个青春期，他那种好奇心就变成层出不穷的欲望。他同欲望结为终身伴侣。他一生摆脱或放弃了多少东西，包括家庭、友谊、爱情、信念、荣名、地位……独独摆脱不掉欲望。欲望拖着他到处流浪，将半生消耗在旅途上，尤其是北非，不知去过多少趟，甚至几度走到生命灭绝、唯有风和酷热猖獗的沙漠：

> “黄沙漫漫的荒漠啊，我早就该狂热地爱你！但愿你最小的微粒在它微小的空间，也能映现宇宙的整体！微尘啊，你还记得什么是生命，生命又是从什么爱情中分离出来的？微尘也希望受到人的赞颂。”

而且，直到去世的前一个月，已是八十二岁高龄的纪德，还在安排去摩洛哥的旅行计划。可见，纪德同欲望既已融为一体，就永无宁日：一种欲望满足，又萌生新的欲望，“层出不穷地转生”。他在旅途上，首先寻找的不是客店，而是干渴和饥饿感，也不是奔向目的地，而是前往新的境界，要见识更美、更新奇的事物，寻求更大的快乐：“下一片绿洲更美”，永远是下一个。他的旅途同他的目的地之间，隔着他的整整一生。他随心所欲，要把读他的人带到哪里？读者要抵达他的理想，他的目的地，就必须跟随他走完一生。

三

纪德认为，一位真正的艺术家所应当做的，“不是原原本本地讲述他经历的生活，而是原原本本经历他要讲述的生活。换句话说，将来成为他一生的形象，同他渴望的理想形象合而为一了；再说得直白点儿：成为他要做的人”（《日记》1892年）。

“原原本本地讲述他经历的生活”，这样做需要十倍的勇气；而“原原本本经历他要讲述的生活”，写出这样的话就需要百倍的勇气，再言出必行则需要千倍的勇气。因为他提出的放纵天性，“做我们自己”，在当时的社会就是“大逆不道”，他必须“无法无天”，才能挣脱家庭和传统道德的束缚，赢得随心所欲、成为真我的自由。

纪德首先意识到，他在家庭教育的影响下，总是有意无意地压抑自己的天性，长此下去就要成为社会普遍认可的“完人”，即符合传统道德而天性泯灭的人。其次，他也看到当时文坛活跃的两大流派，象征派诗人如马拉美等，完全“背向生活”，而天主教派作家，则以一种宗教的情绪憎恨生活。更多的无聊文人身负的使命，就是掩饰生活。总而言之，在纪德看来，人们遵照既定的人生准则，无不生活在虚假之中。因此，必须同虚假的现实生活背道而驰，走一条逆行的人生之路，才能返回真正的生活。于是，他给自己定下的人生准则，就是拒绝任何准则：“我决不走完全画好的一条路。”（《如果种子不死》）

同样，他也“要文学重新投入人生这个源泉中去”（《纪德谈话录》），并且大力实践，相继发表了《帕吕德》《乌连之旅》《背德者》《浪子回家》等，尤其《人间食粮》和《如果种子不死》，前者是追求感官快乐的宣言书，后者是他同传统道德教育的一次彻底清算。

纪德就是这样，开着自制的、以行和以文为双组发动机的新车，动力十足地闯进社会，逆向行驶，横冲直撞，撞倒了路标指示牌，撞翻了许多路障。有人不禁惊呼：纪德是常规行为和传统道德的“颠覆者”，也是文学的“颠覆者”。

的确，纪德在做人和做文章两方面，都百无禁忌，特立独行：他无视传统习惯，揭露约定俗成，打乱各种规则，冲破各种限制，挣断一条条有形和无形的锁链，从而引起无数惊诧和愤怒，招来无数谩骂和攻击。抨击纪德最激烈的人之一亨利·马西斯就写道：“这些作品里受到质疑的，正是我们立身处世的‘人’的概念本身。”（《审判》第二卷）

纪德的敌人在抨击他的长篇大论中，却也触及了他这些作品的核心：人的概念，即在没有上帝的世界中，人存在的理由。尼采说上帝死了，纪德反反复复探索了大半生，最后也走向无神论：“独我的崇拜还能把上帝创造出来，崇拜可以离开上帝，而上帝却离不开崇拜。”于是提出没有上帝，人应该怎么办。人的问题，历来就是上帝的问题，灵与肉分离，鄙弃罪孽的尘世，但求灵魂的拯救。纪德一旦认识到上帝不存在，就主张追求肉欲的快乐并不是罪孽：“您凭哪个上帝，凭什么理想，禁止我按照自己的天性生活呢？”他在《人间食粮》中完成的这种解放，在三十年后发表的《如果种子不死》中又有回响。

多样性是人类的一种深厚的天性，没有了上帝，人要做真实的自我，选择存在的方式就有了无限可能性。纪德感到他“自身有千百种可能，总不甘心只能实现一种”。（《日记》1892年）他显然得出这样的结论：不应该选定一种而丧失其余的一切可能，要时刻迎候我的内心的任何欲念，抓住生活的所有机遇。

生活犹如他童年所看的万花筒，能变幻出光怪陆离的奇妙图景。这种生活的复杂却同他内心的复杂一拍即合。纪德在《如果种子不死》中写道：“我是个充满对话的人；我内心的一切都在争论，相互辩驳。”“复杂性，我根本不去追寻，它就在我的内心。”正是这种内心的复杂所决定，纪德面对生活的复杂无须选择，仅仅随心所欲去一一尝试。

纪德认为，有多少相互敌对的欲望和思想，共处并存在我们身上，人有什么权力剥夺这种思想或那种欲念存在呢？要完完全全成为真实的自我，就必须让自身的差异和矛盾充分表现出来，绝不可以想方设法去扼杀不协调的声音。

上帝死了，人还活着，人取代了上帝空出来的位置。这种完全获取了自由的人，虽然不能全能，却能以全欲来达到上帝全能的高度，才无愧于争得的自由。因此，人必须不惜一切代价，全面把握各种各样的生活真实，体验各种各样的生存形态，自由享用人间的所有食粮。

四

《梵蒂冈的地窖》第五篇第三节中，有这样一段意味深长的情节。朱利尤斯·德·巴拉利乌尔同拉夫卡迪奥讨论无动机的行为，朱利尤斯说了这样的话：“我们伪造生活，怕的就是它不像我们当初的自画像，这很荒谬。我们这样做，就可能把最好的东西给歪曲了。”接着，他又问拉夫卡迪奥：“……您理解‘自由的天地’这几个字的意思吗？”

伪造生活，这是世人最荒谬的悲剧，因为歪曲的，可能恰恰是生活中最好的东西。朱利尤斯一旦摆脱了节制他生活的礼仪习惯，眼前呈现出真正的生活空间，一片自由的天地，他就不禁万分惊愕。他注视那片陌生的空间，不见一块禁止通行的标牌，也不见规定的路线，连指示方向的牌子也没有一块。自由的天地，就意味着可以走任何路线；既没有地图，也没有向导，只好独自往前走，身边没有助手，身后更没有牵着线团的阿里阿德涅，必须独自一个人去冒险。

在自由的天地中，如果只选定一个目标，只定一条路线，那么也就冒一种危险，事情就简单多了；好与坏、乐与苦各居一半概率。然而，面对自由的天地、陌生的空间，根本不做任何选择，或者说无一舍弃地选择整个生活空间，无一遗漏地要走所有可能的路线，那么，也就没有止境地去冒层出不穷的危险了。

生活的好坏与苦乐，不可预设，也不能预知，只能遍尝之后才能确认，因此，纪德的一生，他创作的一生，就是不放过任何可能性，永远探索，永远冒险。这种不加选择的全面选择，我们权且称为全欲。

全欲就意味着全方位地体验人生，全方位地思索探求，不惜品尝辛酸和苦涩、失望和惨痛。

全欲，就意味着不专，不忠，不定。不专于一种欲望，不忠于一种生存形态，不定于一种自我的形象。

与这种全欲的生活姿态相呼应，纪德的文学创作也不选定一个方向，要同时朝各个方向发展，从而保留所有创作源泉，维护完全的创作自由。

纪德全方位的生活姿态，同他多方向的创作理念，就这样形成了互动的关系。他为了充分掌握人生的全部真实，就进入生存的各种形态，不能身体力行的，就由作品的人物去延伸，替他将所能有的欲望推向极致。另一方面，他那些迥然不同、相互矛盾的作品，写作和发表的时间虽有先后，但大多是同时酝酿构思的。可以说，没有后面谴责那种追求瞬间和感官刺激的《扫罗》，就没有前面的《人间食粮》；而没有前面《背德者》中那个为了感官的享乐就背弃道德的人物，也不会有后面《窄门》中那个压抑正常感情的清教徒的故事。

因此，以定格、定式、定型的尺度去衡量，去评价纪德的一生和他的作品，总要陷入矛盾和迷茫之中。纪德的这座迷宫，就好像变幻莫测的大海：

没有定型的大海……惊涛骇浪向前推涌，波涛前后相随，轮番掀起同一处海水，却几乎没有使其推移。只有波涛的形状在运行，海水由一道波浪涌起，随即脱离，从不逐浪而去。每个浪头只在瞬间掀动同一处海水，随即穿越而过，抛下那处海水，继续前进。我的灵魂啊！千万不要依恋任何一种思想！将你每个思想抛给海风吹走吧，绝不要带进天国。

如果以主题词的方式，从总体上描述纪德的一生及其创作，那么用“动势”“变势”，也许比较贴近吧。应当说，贯穿纪德的一生及其全部作品的，正是一种动势、一种变势。

纪德就属于那些不断地蜕变，否则就不能生长的物种。每天清晨，他都要体味新生的感觉，体味新生感觉的温馨；每天清晨，他都要丢下昨日的躯壳，上路去迎接新生。未知物的孕育、艰难的更新，生命在纪德的身上就是这样不断隐秘地运行，神秘地再生；新的生命在他体内成形，那新生命即将是他，又和原来的他不同。

同样，纪德笔下的各种人物，无论是追求生活幻梦的乌连、时时在调侃的《帕吕德》中的那个主人公，还是《浪子回家》中的那个浪子，无论是《伪币制造者》中那位小说家爱德华、《梵蒂冈的地窖》中的那个“无动机行为”的拉夫卡迪奥，还是《田园交响曲》中的那个牧师，以及普罗米修斯、扫罗、康多尔王、柯里东、忒修斯，等等，无论哪一个都是纪德的一种生活尝试、一个心灵的影子，一种欲望的演示，都是纪德的一部分，又不能代表纪德的全部。

纪德的文学创作同他的生活一样，极力避开任何责任的路标，只靠好奇心，靠求知和创新的欲望来指引。他始终处于警觉状态，唯恐稍有疏忽就要重复自己，或者走上别人的老路；他坚决摈弃“共同的规则”，不写别人已写出或者能写出的作品，因而，他的每部新作，都与世上已有的作品，与他此前的作品迥然不同。他的某些作品甚至模糊了体裁的界限，究竟是随笔、散文诗、小说、叙事，还是别的什么，让批评家无法分类。傻剧又是小说，不伦不类。而他称之为唯一小说的《伪币制造者》，更是前所未见：叙述的多视角、空间的立体和层次感，尤其“景中景”、小说套小说复杂而奇妙的结构，的确是小说创作的一次革命。

纪德自由行动在无限广阔的空间，不选择方向也就不怕迷失方向；那么进入纪德迷宫的读者，不预先设定方向也就不会迷失方向了。

五

纪德令人迷惑的多变，就是他总拿已知去赌未知，拿他的全部过去，再去赌新的未来。他时而疾驰，时而急停，不断地变换方向，不断地猛转弯，从一个极端跳到另一个极端，甚至做出惊世骇人之举。

纪德的惊世骇人之举，影响面最大的要数殖民地事件和访问苏联，这也是右翼和左翼正统者永远也不肯饶恕纪德的两大事件。

一九三六年六月十七日，纪德应苏联作协的盛情邀请，由五位左翼作家陪同访问了苏联，至八月二十一日回国，历时两月有余。归国不久便发表《访苏联归来》，三万多字的短文，加上次年出版的《附录》《补正》等材料，也不足十万字，可是却掀起轩然大波。一夜之间，纪德就从苏联和共产主义的友人变成“敌人”。当年那种辩论和攻击的激烈程度，只有经过重大政治运动的人，才能有所领会。

事过六十余年，尤其苏联解体之后，那场大辩论和本书所涉及问题的是是非非，早已十分明了，再谈文中这些批评和见解如何正确和基于善意，而攻击他的那些观点又如何荒谬和偏执，今天看来就显得有些多余了。我们固然佩服纪德的先见之明；早在半个世纪前，他就看出苏维埃政权要解体的种种征兆，并且提出了忠告。我们固然也钦佩纪德坚持正义的勇气：在世界范围左翼思想形成主流思潮的红色三十年代，他敢于冒天下之大不韪，站出来讲真话，触怒当时以苏联为核心的力量。对与错，从来就不能以一个政党、一条路线或一种思潮来划分，这一点早已被历史屡屡证明了。

今天读《访苏联归来》，最引人深省的，还是纪德这次面对大是大非急转弯的思想轨迹和心路历程。我们在敬佩之余，要看一看一代知识分子的佼佼者，如何不避艰险，走了这样一段历程。

二十世纪二三十年代，世界刚刚经历了第一次世界大战的灾难，法西斯主义又崛起，表现出咄咄逼人之势，而英、法等老牌资本主义国家养痈成患，越发暴露出虚弱、腐朽的一面。人类的命运与前途又遇到空前的挑战。一些有良知的知识分子，怀着忧患的意识，开始纷纷转向新型的苏维埃政权，把它看成是人类的希望。不能说他们这种选择，都是因为过分天真和狂热，至少像纪德这样特立独行的人，是经过充分思想准备的，绝非轻易受迷惑和轻率地决定。

纪德生在新教家庭，受传统道德的禁锢，青春一旦失而复得，他的心灵就变成开在十字路口的客栈。他以百倍的激情，去做他青年时代该做而未做的事情——追求快乐。为此，他完全摈弃了传统道德和价值观念，拒绝任何生活准则，要享受真正的生活，做个真实的人。

不要小看这“真实”二字，他一生如果有准则的话，这就是他的最高准则。从而他最憎恶虚假，他拒绝和鄙视的，大多是他认为虚假的东西。不过，他还仅限于追求个人自由和人生的快乐，不大关心社会和政治问题。

一九二五年七月十四日，他同友人动身去刚果和乍得旅行，次年五月回国，他就猛烈抨击殖民制度和大公司对土著民族的残酷剥削，发表了《刚果之行》和《乍得归来》。这样，围绕殖民地问题，议会里、报刊上都展开了大辩论，政府不得不派团去调查。纪德预言，照这样统治下去，殖民制度维持不了多久。抛开这场辩论的社会意义和纪德的论断正确性不谈，经过这个事件，纪德的思想里增添了一个重要的观念：正义。

进入三十年代，纪德越来越关注苏联在政治和社会方面所做的努力，也越来越同情共产主义。一九三四年一月，纪德和马尔罗曾去柏林面见希特勒的干将戈培尔，要求释放季米特洛夫和被关押的共产党人。同年，纪德进入反法西斯作家同盟警惕委员会。一九三五年六月，纪德主持召开了世界保卫文化作家代表大会。他成为苏联和共产主义的伟大朋友，究竟有什么思想基础呢?

纪德自道：“引导我走向共产主义的，并不是马克思，而是《福音书》……”

这不是戏谑之言。三十年来的创作生涯，他在作品中仅仅传播自由，而不是宣扬信仰，只因他没有信仰可宣扬。但这不等于说他不在寻觅。他反复阅读过《福音书》，做了笔记并写成小册子《你也是……》，从基督教教义中找到了他一直寻求的东西：不带宗教的基督教理想，没有教条的伦理；同样，他在共产主义学说中看到了没有家庭、没有宗教的社会理想。

“三年苦读马克思主义著作”，“马克思恩格斯全集主导思想，便是一种异乎寻常的宽宏大量，更是对正义的强烈渴求”。又是“正义”，这是他找到的理想和信仰，他要拥抱的真理。他也正是这样来理解苏联和共产主义的。

于是，他在一九三五年出版的《新食粮》中写道：“快乐对我来说，就不仅像过去那样是一种天生的需要，还成为一种道德的义务。”

纪德这个“背德者”能谈道德和义务，思想变化何其大啊。而且，他也不是空谈道德，在《新食粮》中他还写道：“我的幸福就在于增添别人的幸福，我有赖于所有人的幸福，才能实现个人幸福。”

请看，这多么像一位共产党人的誓言：个人幸福和人类幸福结合起来，首先要实现全人类的幸福，才有个人的幸福。可以断定这不是表白和抄袭，而是理想和信仰的一种表述。

纪德就是怀着这种理想，到理想国苏联去朝拜。“苏联对我们曾经意味着什么？不只是一个遴选的祖国，还是一个榜样、一个向导。我们梦想的、几乎不敢期望的，但总心向往之、致力追求的，却在那里发生了。由此可见，在一片土地上，乌托邦正在变成现实。”

不料现实却击碎了纪德的理想。

到苏联访问不久，纪德就陷入盘根错节、纠缠不清的种种问题和矛盾之中；极简单的一件事也弄得十分复杂，让人理不出头绪。

纪德在苏联看到的不是无产阶级掌权，而是斯大林一个人专政；他看到的不是生机勃勃，而是死气沉沉、闭关锁国的苏联。他在苏联看到了他最痛恨的东西，“一切降低人的价值的东西，一切减退人的智慧、信念和锐气的东西”，他也看到了他深恶痛绝的非正义：受到政治迫害而陷入绝境的普通工人求告无门……

纪德终于明白：苏联背离了它当初追求的目标，背叛了它令人们产生的所有希望。怎么办？如何处理人们肯定期待他做出的全面判断？“应当隐藏起保留意见，向世人谎称赞赏一切（像罗曼·罗兰那样）吗？”纪德陷入惶恐和痛苦之中。

本来，纪德从一个“背德者”走向主持正义，靠拢苏联和共产主义，有了理想和信念，就已经走了一段艰难的历程。现在，他又面临另一段艰难的历程：离开苏联，离开他“遴选的祖国”。纪德所走的是双重的艰难历程。

然而，投鼠毕竟忌器。进步阵营早已把苏联和这项事业过紧地连在一起，对苏联的批评，很可能转嫁责任，损害这项事业了，纪德从而也就同整个进步阵营为敌了。

维护虚假的东西，就要丧失他终生最看重的人格，也违背重大抉择从不以功利为前提的品性。“我认为真诚之所以重要，正因为事关大多数人和我本人的信仰。”

这就不仅仅是做人的真诚，而是信仰的真诚了。“在我的心目中，还有比我本人更重要、比苏联更重要的东西，这就是人类，这就是人类的命运、人类的文化。”

纪德在《访苏联归来》开篇讲了一个希腊神话故事。谷物女神得墨忒耳装扮成老妪模样，进王宫照看刚出世的小王子得摩福翁。女神出于无限的爱，渴望将孩子带上神界，就在深更半夜把小王子放到炭火上锤炼。不料王后闯进来，推开女神，移走炭火，“毁弃了修炼中的超人品性”，孩子得救，却未能成神。

一到苏联访问，在纪德的心目中，苏联很快就成为一个破灭的神话。但是，他仍然端出《访苏联归来》这样一盆炭火，有谁能真正理解他的良苦用心呢?

唯有历史。纪德与众最大的不同，就是将他对待生活和写作的态度贯彻到底，原原本本经历他要讲述的生活……成为他要做的人。这就是他多变中贯彻到底的不变。

纪德的一生和他的作品，可以等同起来。

纪德原原本本经历了（包括心灵的行为）他要讲述的生活；

同样，他的作品也原原本本地讲述了他经历（包括心灵的轨迹）的生活。没有作弊，也没有美饰。倒是他在《柯里东》《如果种子不死》等篇中暴露自己的同性恋性向，是令“亲痛仇快”的事。

萨特在悼念纪德的文章中写道：

> 他为我们活过的一生，我们只要读他的作品便能重活一次。纪德是个不可替代的榜样，因为他选择了变成他自身的真理。

纪德是在人生探索、文学创新两方面，都为后人留下最多启示的作家，他的书是每次重读都有新发现的作品，是让人思考、让人参与的作品。

欢迎您从《窄门》走进
读客三个圈经典文库

亲爱的读者，感谢您选择读客三个圈经典文库。

我们的封面统一使用“三个圈”的设计，读者可以凭借封面上形式各异的“三个圈”找到我们，走进经典的世界。

你想成为什么样的人？

对你来说什么是重要的？

这个世界应该是什么样子？

我们在生命中遇到的这些问题，或许可以在浩如烟海的文学经典中找到答案。

跟随读客三个圈经典文库，认识世界、塑造自我，成为更好的人！

《漫长的告别》

《西西弗神话》

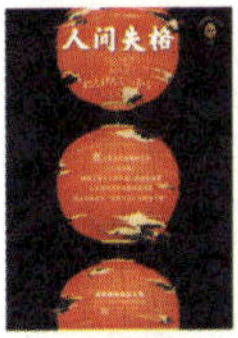

《人间失格》

《人类群星闪耀时》

《鼠疫》

《小王子三部曲》

《局外人》

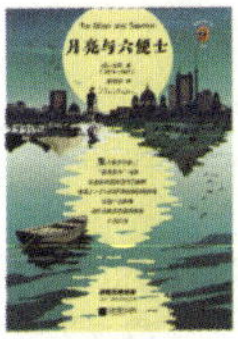

《月亮与六便士》

《基督山伯爵》

《罗生门》

读客三个圈经典文库

精神成长树

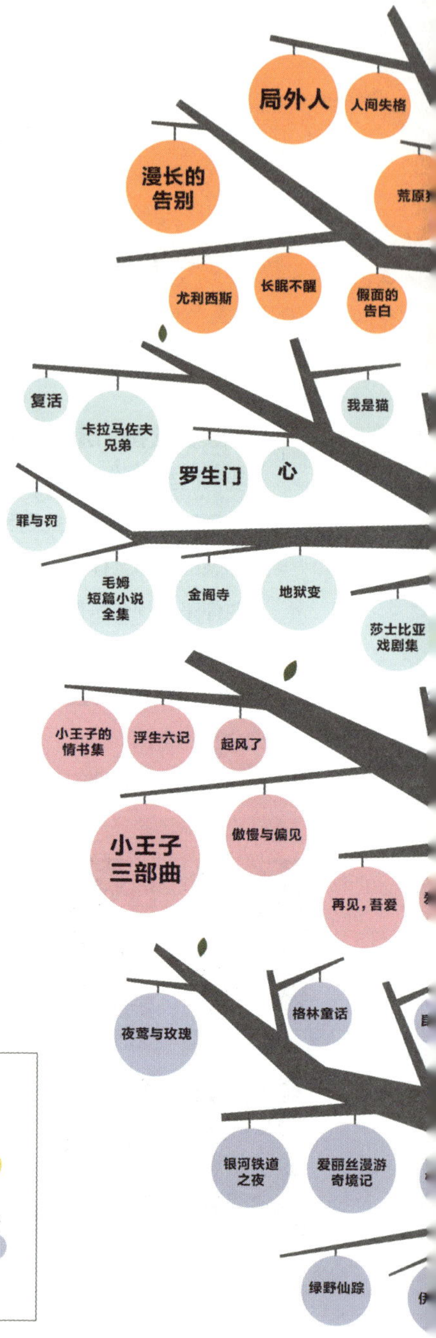

你想成为什么样的人？
对你来说什么是重要的？
这个世界应该是什么样子？

我们在生命中遇到的问题，每个时空的人都经历过，一些伟大的人留下一些伟大作品，流传下来，就成了经典。正是这些经典，共同塑造并丰富着人类的精神世界。

我们重新梳理了浩若烟海的文学经典，为您制作了精神成长树。跟随读客三个圈经典文库，汲取大师与巨匠淬炼的精神力量，完成你自己的精神成长！

树干：

不同的精神成长主题，您可以挑选任意感兴趣的主题进行深入阅读

例如：
寻找人生意义
探索自己的内心
拥有强大意志力
理解复杂的人性
…………

枝丫上的果实：

我们为您精选的经典文学作品

精神成长树示意图

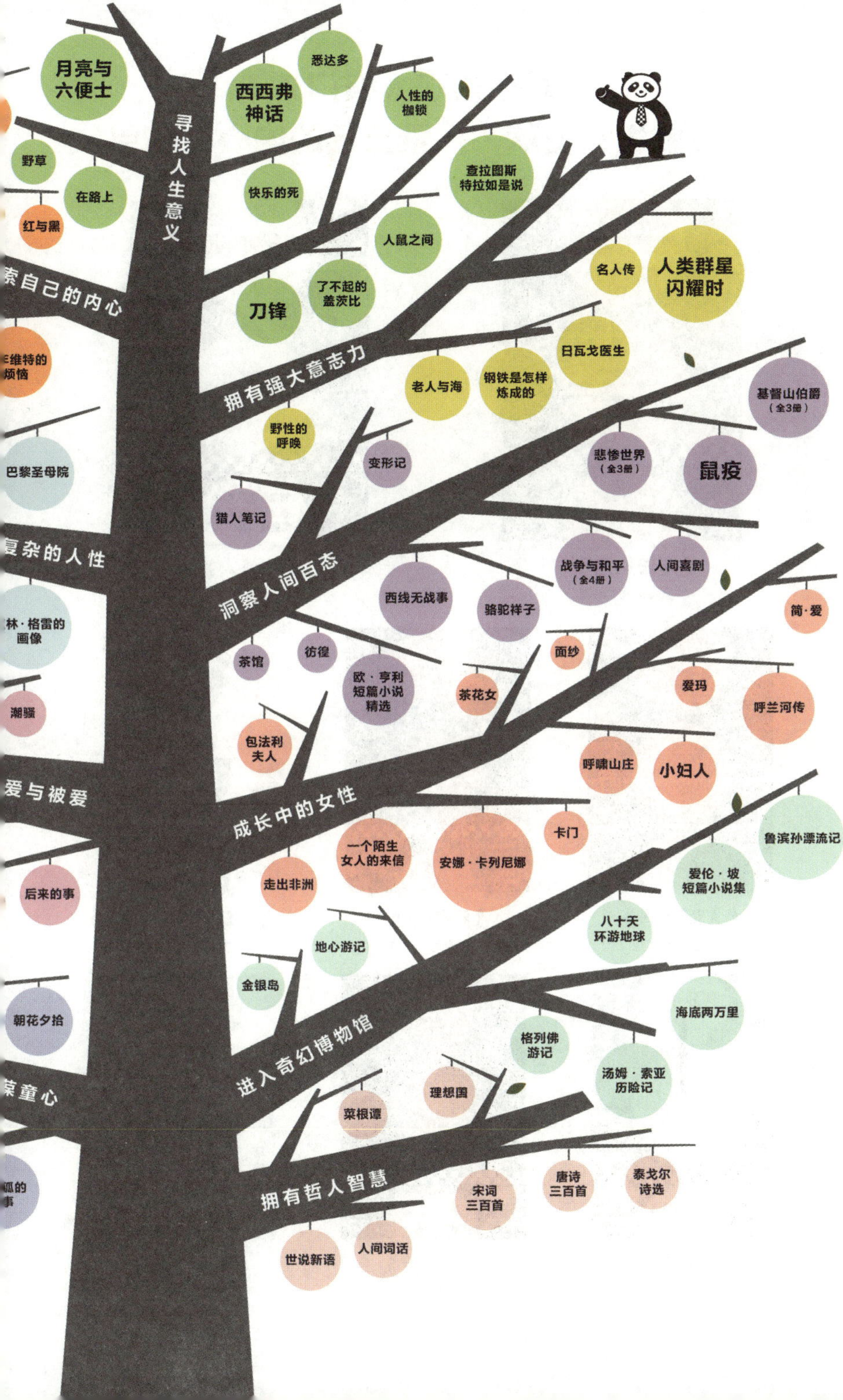

寻找人生意义
月亮与六便士
西西弗神话
悉达多
人性的枷锁
野草
在路上
快乐的死
查拉图斯特拉如是说
红与黑
人鼠之间
自己的内心
刀锋
了不起的盖茨比
名人传
人类群星闪耀时
维特的烦恼
拥有强大意志力
日瓦戈医生
老人与海
钢铁是怎样炼成的
基督山伯爵（全3册）
野性的呼唤
变形记
巴黎圣母院
悲惨世界（全3册）
鼠疫
猎人笔记
杂的人性
洞察人间百态
战争与和平（全4册）
人间喜剧
西线无战事
骆驼祥子
简·爱
林·格雷的画像
茶馆
彷徨
欧·亨利短篇小说精选
面纱
茶花女
爱玛
呼兰河传
潮骚
包法利夫人
呼啸山庄
小妇人
爱与被爱
成长中的女性
一个陌生女人的来信
安娜·卡列尼娜
卡门
鲁滨孙漂流记
后来的事
走出非洲
爱伦·坡短篇小说集
八十天环游地球
地心游记
金银岛
海底两万里
朝花夕拾
进入奇幻博物馆
格列佛游记
汤姆·索亚历险记
理想国
童心
菜根谭
的事
拥有哲人智慧
宋词三百首
唐诗三百首
泰戈尔诗选
世说新语
人间词话

如果你喜欢《窄门》
你可能也会喜欢“探索自己的内心”书单

《漫长的告别》

文库编号：025

《局外人》

文库编号：055

《人间失格》

文库编号：002

《红与黑》

文库编号：024

《少年维特的烦恼》

文库编号：003

《窄门》

文库编号：157

《背德者》

文库编号：170

《田园交响曲》

文库编号：171

读客®

激发个人成长

多年以来，千千万万有经验的读者，都会定期查看熊猫君家的最新书目，挑选满足自己成长需求的新书。

读客图书以“激发个人成长”为使命，在以下三个方面为您精选优质图书：

1. 精神成长

熊猫君家精彩绝伦的小说文库和人文类图书，帮助你成为永远充满梦想、勇气和爱的人！

2. 知识结构成长

熊猫君家的历史类、社科类图书，帮助你了解从宇宙诞生、文明演变直至今日世界之形成的方方面面。

3. 工作技能成长

熊猫君家的经管类、家教类图书，指引你更好地工作、更有效率地生活，减少人生中的烦恼。

每一本读客图书都轻松好读，精彩绝伦，充满无穷阅读乐趣！